KB048793

사람을
생각한다

법과 사람
사이에서의
50년

사람을
생각한다

황주명 지음

생각의힘

프롤로그

나는 가난과 고생을 모르고 자랐다. 좌절의 경험도 내게는 없다.

1960년대부터 아버지의 자동차가 있었고 그 이전부터 부엌, 청소, 육아를 각각 담당하는 3명의 도우미가 있었다. 한국에서 아직은 끼니 걱정하는 사람이 많을 때에 물질적인 풍요를 누리며 자랐다. 기억력도 좋은 편이어서 코피 나게 공부하지 않고도 경기고등학교에서 늘 상위권 성적을 유지했고 서울대 법대에 입학했다. 꾸준히 학과 공부를 했고 성적도 좋았지만 남들처럼 사법고시를 목표로 공부하지 않았다. 그래도 4학년 때 3개월 정도 바짝 공부하고 사법고시에 패스했다. 그러고서 27살부터 판사로 재직하다가 39살에 그만두고 변호사가 되었다. 지금은 로펌의 회장직을 맡고 있다. 재정 계획도 다 세워두어서 경제적 여유도 나름대로 있다.

그렇다고 일말의 고뇌와 어려움도 없이 살아오지는 않았다. 사법파동을 비롯한 시국사건에서 유신독재정권과 대립각을 세우기도 했고, 이만저만한 일로 다니던 로펌에서 나와 '충정'을 세우기 전 내 이름을 딴 로펌을 꾸렸을 때는 한동안 고전하기도 했었다. 하지만 심각한 위험은 아니었다. 사람으로 살면서 힘든 일이 전혀 없었다면 거짓말일 것이다. 하지만 내 딴에는 고생을 했다고 해도 책이나 TV에서 보았던 분들의 고생에 비하면 아무것도 아니다.

요약하면 좋은 집안에서 태어나 좋은 학교에 들어가서 재학 중에 고시를 패스했고 변호사가 되고도 큰 실패는 하지 않았다. 그래서 이 책에는 눈물겨운 성공담, 극한의 고난을 이겨낸 인간 승리의 드라마가 없다. 따라서 눈물겨운 감동도 없다. 억지로 감동을 자아낼 생각도 없고 내가 했던 고민을 과장할 생각도 없다.

그저 사람이 사람을 사람으로 대하는 태도에 대한 이야기를 하고 싶을 뿐이다. 우리는 자주 나 이외의 다른 사람들도 감정이 있고 생각이 있고 자기 나름의 인생이 있다는 사실을 망각한다. '자주'가 아니라 어쩌다가 '아 참, 너도 사람이었지!'라는 사실을 떠올리는 것 같기도 하다. 나와 다른 생각은 잘못된 생각이고, 내 가치관에서 벗어나는 사람은 나쁜 사람이고, 내게 손해를 끼치는 사람은 앞뒤 잴 것 없이 못된 놈이다. 그 사람의 생각, 그 사람의 사연은 고려하려 하지 않는다. 이해가 안 되면 왜 그러는지 알아볼 생각은 않고 비난부터 먼저 한다. 우리 사회의 갈등이 접점을 찾지 못하고 점점 깊어지는 것도 여기에 원인이 있다고 본다.

아마도 자기 자신만큼은 언제나 사람을 사람으로 대해왔다고 생각할 것이다. 그러나 착각일 가능성이 높다. 나를 포함해 우리들 대부분이 자신의 실수는 사연과 상황에 따른 것으로 치부하고, 다른 사람의 실수는 그 사람이 원래 그런 사람이기 때문이라고 여긴다.

나는 1939년에 태어나 지금까지 한국에서 살고 있다. 그리고 50년 넘게 법조인으로 살아왔다. 내가 직접 경험한 세계는 그렇게 넓지 않다. 그래서 법조인이 사람을 사람으로 대하지 않는 것과 내 또래의 노인들이 젊은 사람들을 존중하지 않는데 대해서 주로 말할 것이다.

우리나라는 위계질서를 중요시하기에 젊은 사람이 나이든 사람의 얘기를 부정하는 것이 금기시되는 분위기가 만연해 있었다. 그러나 사람은 각자 자기의 위치에서 세상만사를 보므로 서로 '사람'이라는 대등한 위치에 서는 것이 바람직하다. 어쩌면 내 또래의 노인들은 내 글을 보며 '그래, 너 잘났다' 생각할 수도 있고, 젊은 사람들은 현실에 맞지 않는 말이라며 받아들이지 않을 수도 있다. 그래도 괜찮다. 결국 받아들일지 말지는 각자의 몫이다. 그저 '사람을 사람답게', 그 이야기는 내가 한 번 더 누군가에게 강조한다 해도, 과할 수 없는 메시지다.

　나는 요즘 모든 것에서 행복을 느낀다. 일평생 사람을 사람으로 대해 왔고, 현재 몸도 건강하고 마음도 편안하다. 행복하지 않을 이유가 뭐가 있겠나.

2021년 3월
황주명

3부
나를 찾는 평생의 탐구

4부
사람을 위한 법철학

1부

법은 인문학이다

치사하게 살고 싶지 않다

    무슨 큰 뜻이 있어서가 아니었다. 인권이 보호되지 않는 것이 싫었고 소리만 크게 내고 정작 행동해야 할 때 뒤로 빠지면서 치사하게 살기 싫었다. 이런 내 성격이 1971년 여름, 사법 파동의 중심에 서게 했다. 민사법원에서 근무하던 당시 형사법원과 검찰 사이가 나빴다. 검찰 쪽에서 청구한 반공법 위반 사범에 대한 영장을 재판까지도 안 가고 기각해버린 일이 있었는데, 유사한 사례들이 쌓이면서 검찰이 법원을 벼른다는 말이 돌고 있었다.

    사건은 한 부장판사와 일행의 관례에 따른 행동에서 비롯되었다. 당시 판사와 변호사가 출장에 동행하면 차비라든가 술값 등의 비용을 변호사가 내는 게 관례처럼 되어 있었다. 그런 관례에 따라 판사가 국가보안법 위반사건 심리과정에서 제주도로 출장을 다녀오면서 담당 사건의 변호사에게 비행기값은 물론이고 향응까지 대접받은 일이 언론 기사로 보도된 것이다. 이 부장판사는 특히 검찰과 사이가 나빴는데, 미행이 붙은 것도 모르고 관례를 따랐다. 기사가 난 직후에는 세간의 주목을 끌지는 못했다. 다음 날 검찰이 신청한 구속영장도 도주 및 증거 인멸의 우려가 없다며 기각되었다.

그것으로 끝나는 줄 알았는데 기각된 다음 날 기사가 또 나왔다. 이번에는 향응의 구체적인 내용까지 나와 있었다. 담당 판사와 변호사가 같이 술을 마시고 술집 여자들과 소위 2차까지 갔다는 정도를 넘어 거의 술자리에서 잠자리까지 간 과정을 생중계하듯이 보도해버린 것이다. 거기다 기사 타이틀은 판사가 빨갱이 돈으로 외도했다는 식으로 달렸다. 이렇게 선정적인 내용이 방송에도 나오면서 난리가 났다. 당시 일곱 살이었던 아들이 "아빠, 판사가 술 먹었다면서요?"라고 할 정도였다. 누가 봐도 검찰이 언론에 흘린 것이었다. 검찰은 그렇게 여론전을 전개하면서 2차 영장을 신청했다.

잘못이 있으면 관행이라 해도 처벌을 받아야 한다. 그러나 전후 상황을 고려할 때 이건 법 집행 차원이 아니라 판결에 영향을 끼치려는 보복성 망신 주기였다. 가만있으면 안 되겠다고 생각한 젊은 판사들을 중심으로 사표를 제출하자는 움직임이 일었다. 형사법원에서 시작된 사표 제출은 금방 민사법원으로 번졌고 전국 법원에서 70~80퍼센트가 사표를 내기에 이르렀다. 쉽게 말하면 판사들의 파업인 셈이었다.

사회적으로 큰 이슈가 되면서 야당이 들고 일어나서 법무장관을 추궁하기도 했다. 언론도 처음에는 향응에 초점을 맞추다가 점점 법원에 대한 탄압 쪽으로 논조를 바꾸기 시작했다. 그 무렵 부장판사 방에 판사들이 모여 앞으로의 대응 방향에 대한 회의를 하고 있었다. 그때 지금은 없어진 동아방송의 기자가 들어왔다.

"판사들이 화를 내면서 사표를 내고 그러는데 마이크만 대면 말하는 분이 한 명도 없어요."

화가 나서, 또 다들 내니까 사표를 내긴 했는데 앞장서려는 사람은 없었다. 괜히 나섰다가 찍힐까 봐 겁이 나기도 했을 것이다. 그때 세상 물정 모르고 철없던 서른한 살의 내가 욱해서 말했다.

"아, 그래요? 제가 하죠. 판사도 잘못할 수 있어요. 그렇다고 인권이 유린당해서는 안 되지 않습니까. 잘못했다고 길거리 조리돌림처럼 망신을 줘서야 되겠어요."

흥분해서 꽤 길게 말했더니 기자는 '시원시원하다'면서 좋아했다. 다음 날 방송을 들어보니 내 말이 아주 독하게 편집되어서 나왔다. 라디오라서 얼굴은 안 나왔는데 '어느 판사의 변'

이라고 해서 반복적으로 방송이 되었다. 그러면서 여론의 방향이 바뀌었다. 대통령도 배꼽 아래는 문제 삼는 거 아니라고 해서 일단은 검사가 잘못한 것으로 결론이 났다. 물밑에서 진행된 사건이면 이 정도로 마무리가 될 수 있는데 그러기에는 사건이 너무 커졌다. 판사들이 물러설 분위기를 조성해야 했다.

그 방법 중 하나로 대법원장이 나서서 젊은 판사들과 면담을 하기로 했다. 왜 화가 났는지 들어주고 수습책을 논의하기 위한 것이었다. 당시 민복기 대법원장이 내가 소속된 법원장에게 10명을 보내라고 했는데 막상 가자고 하니까 나서는 사람이 없었다. 그렇게 큰소리치던 사람들이, 여차하면 청와대라도 갈 기세였던 사람들이 서로 눈치만 보고 있었다. 그러더니 점점 판사들의 시선이 내게로 모이고 있었다.

"황 판사, 네가 가라."

"왜 제가 가요?"

고작 판사 6년차가 중심이 될 사안은 아니었지만 자기들이 나서기 싫으니까 나를 떠밀었다고 하기엔 나름대로 그럴 만한 이유가 있었다. "자기 할 일 똑 부러지게 하는 사람이 말도 강경하게 한다. 결정적으로 대법원장이 황 판사 아버지의 친구다. 그러니 설마 자르기야 하겠느냐." 아버지와 대법원장은 초대 정부에서 같이 일했던, 30대부터 친구 사이였다. 이런 분위기 속에서 자의 반 타의 반으로 가겠다고 하니까 그제야 너도나도 가겠다고 나서서 10명이 채워졌다.

예상했던 바지만 막상 대법원장 앞에 가니까 다들 주스만 마시고 입을 다물고 있었다. 대법원장이 답답했던지, 친구의 아들인 나에게 먼저 말을 걸었다. 이번 사건을 포함해 평소 판사들끼리 이야기하던 처우 문제를 가감 없이 말씀드렸다. 그랬더니 벌컥 화를 내셨다. "이 사람이 말이야, 집안도 잘 살면서 뭘 그렇게 불평을 해."

"대법원장님이 와서 무슨 이야기든 하라고 해서 왔는데 그렇게 야단치시면 저 가겠습니다."

그렇게 말하고 일어서는 시늉을 하니까 만류를 하고는 다른 판사들 의견을 물으셨다. 눈치 보고 있던 사람들이 자기 의견을 이야기했고 대법원장은 그 의견들을 대통령에게 전달하겠다고 했다. 그러고서 "혁명을 한 사람들이니 단순하게 생각할 일이 아니다. 이 정도에서 끊어라. 나는 판사들이 희생되는 거 싫다"라는 말씀으로 마무리했다.

그러고서 대법원장이 나 혼자만 따로 불렀다. 법무장관이 사퇴하고 해당 검사가 좌천된 이후였다. 전에 만났던 것도 있고 조사를 해보니 가감 없이 할 말은 하는 사람이라는, 판사 사회의 의견을 그대로 듣기에 적당한 사람이라는 판단을 한 것 같았다.

"자네가 주동은 아니지만 시작은 했으니 어떻게 끝을 냈으면 좋겠나?"

"판사들이 격분해 있습니다. 원장님이 직접 갈 수 없으니 대법관님들을 각 법원으로 내려보내서 판사들의 고충을 듣게 하고 그걸 대법원장님께 전달해서 앞으로 잘 반영한다고 말씀을 하시면 될 것 같습니다."

"그래? 그러면 되겠어?"

"제 아이디어는 그것밖에 없습니다."

이튿날 언론에 이와 같은 내용이 발표되고 대법관들이 내려갈 테니 판사들은 자중하라는 내용이 전해졌다. 대부분 잘 마무리되는가 보다 했는데 강경파들이 이렇게 할 거면 왜 시작을 했냐며 큰소리를 냈다. 워낙 강경하게 이야기를 하니까 다들 압도되었다.

'그런데 가만, 저 사람들이 어디 있다가 나타났지?'

소위 강경파들의 면면을 보니 판사들이 사표를 내기 시작할 때는 보이지 않던 사람들이었다. 그들은 사태가 막 시작될 때 '우연히' 여름휴가를 갔었다.

"말조심하세요. 일 터질 때는 다 휴가 갔다가 지금 와서 그러시면 어떡해요? 그럼 끝까지 한번 가볼래요?"

급박할 때는 보이지 않던 소위 강경파들의 속내를 알 길은 없었다. 지금 와서 생각해보니 몇 가지 짐작되는 것은 있다. '혹시라도 나중에 자기들이 비겁했다는 소리를 듣지는 않을까,

황주명을 포함해 몇몇이 나댔으니 이번에 엿 좀 먹어봐라, 큰 소리치더니 결국 너희들도 권력에 영합한 어용 아니냐.' 이런 속내가 있지 않았을까. 진실은 알 길이 없지만 말이다. 그들은 나보다 사법부에 애착이 더 많았으니 나보다는 약자였다. 어차피 끝까지 갈 의도는 없는 사람들이었다. 그렇게 해서 모두들 사표를 철회하고 사태는 마무리되었다.

그 후로 선배들 사이에서 나는 '건방진 놈'이 되었다. 별것 아닌 것 같지만 법원에서 건방지다는 말은 후배에 대한 가장 강력한 비난이다. 달리 말해, 선배들에게 찍힌 것이다.

"당신 출세할 생각하지 마. 지금 대법관들을 봐. 제일 꼴찌 하던 사람들이야. 가만히 있다가 올라간 사람들이란 말이야. 당신같이 똑똑한 사람은 못 해."

부산으로 발령받아 갔을 때 한 선배에게 들은 말이다. 꼭 출세할 생각도 없었지만 듣기에 좋은 말은 아니었다. "그런 말 하지 마세요"라고는 했는데 결과적으로 그 말이 맞았다. 글쎄, 모르겠다. 처세의 방면에서, 그때의 강경파들이 추구했던 처세 술을 기준으로 하면 지금도 나는 철없는 사람이다. 똑똑해서가 아니라 성격이 그랬고 그 성격대로 살아왔다. 자리에 연연해서 할 말을 못 하고 사는 게 철든 거라면 철들고 싶지 않다. 내 표현대로 바꾸면 치사하게 사는 게 철든 거라면 철들지 않은 채로 살겠다.

소신대로 판결한다

1974년 5월의 사건이니까 벌써 47년 전의 일이다. 당시 나는 서른다섯 살로 서울형사지방법원에서 근무하고 있었다.

"그거 황 판사한테 배당되었단다."

평소 친하게 지내던 법원 출입기자 하나가 불쑥 판사실로 들어와서 밑도 끝도 없이 말을 던졌다. 무슨 소리냐고 물었더니 다 알면서 왜 모른 척하냐고, 기자들이 법원장에게 압력을 넣어서 나한테 배당되도록 했다는 것이다.

'아, 그 사건이구나.'

일부러 모른 척한 건 아닌데 그 기자 입장에서는 충분히 그렇게 생각할 만했다. 국방부 출입기자 하나가 연루된 국가기밀보호법 사건이었다. 꽤나 떠들썩한 사건이었는데 내가 깜빡

잊고 있었던 것이다. 해당 기자는 국방부에서 3급 비밀로 분류된 문서 한 건을 슬쩍 가져왔다. 비밀문서니까 기삿감이 되겠구나 싶어서 가지고 왔는데, 예비군 동원과 관련된 시의성도 화제성도 없는 내용이었다. 그걸 자기 서랍에 던져놓고 있다가 2개월 후에야 기사로 썼다. 무슨 상황이 변한 게 아니라 기삿거리가 없어서 '이거라도 쓰자' 하는 마음으로 쓴 것이다.

기자정신의 발로도 아니고 궁여지책으로 때우듯이 쓴 기사가 큰 파장을 불러왔다. 보안사°에서 유출 경위를 조사했고 해당 기자를 절도 및 군사기밀보호법 위반으로, 국방부 공보실의 사무관을 절도 방조 등의 혐의로 구속기소한 것이다. 군사정권이 반공, 방첩을 내세우며 국민을 속박하고 통제하던 시대인 만큼, 또 구속된 사람이 언론인인 만큼 이 사건은 연일 보도되면서 금세 보안당국과 언론의 싸움으로 확장되었다. 사법파동 때의 일도 있고 해서 기자들이 나에게 배당되도록 한 모양이었다. 어쨌거나 어느 한쪽의 손을 들어줘야 하는 심판이 되어버렸다.

보안당국 쪽은 예상대로 빨리 움직였다. 다음 날 오전, 슬슬 점심 메뉴는 뭘로 할까 고민하고 있을 무렵 사복 차림의 젊

● 현재의 국군기무사령부. 국방 관련 기밀, 보안 업무를 수행하는 군 수사정보기관이다. 민간인에 대해서는 군사기밀 누설죄, 간첩죄 등의 수사를 담당해왔다.

은 사람 3명이 내 방으로 왔다. 보안사에서 왔다고 했다. 그러고는 "기자와 국방부 사무관을 석방해서는 안 된다는 것이 정부의 방침이다. 그렇게 협조해 주었으면 한다"고 웃는 얼굴로 말했다. 부드러운 태도였지만 보안사 직원의 말이라면 무섭던 시대였다. 사실 보안사 사람이 판사를 찾아오는 것 자체가 이미 사법권 침해다. 그런데 그것도 모자라 재판에 대해 판사에게 이래라저래라 하다니, 나는 울컥해서 퉁명스럽게 물었다.

"그게 정부의 공식적인 요청입니까?"

"그렇습니다."

"그러면 정식 공문으로 보내주세요."

"공문은 못 보내고 그다음은 알아서 하세요."

그들은 젊은 놈이 세상을 몰라도 너무 모른다는 표정으로 판사실을 나갔다. 곧바로 법원장의 호출이 있었다. 그가 가지 말라고 했는데도 보안사 직원들이 간 모양이니 양해하라고 하면서 본론을 꺼냈다. 법원장은 "그들은 간첩 잡는 무서운 사람들이다. 2심에서 석방될 수 있으니 1심에서는 우선 엄벌하라. 그것이 관례다"라는 말도 덧붙였다. 특정 시국사건에서 판사가 압력을 받는다는 말은 들어보았지만 내가 겪어보기는 처음이었다. 기분이 묘했다. 법원장에게 뭐라고 말하기도 어려워 알아서 하겠다는 말만 하고 나왔다.

어느새 '인기 판사'가 되었는지 내 방에 오자마자 친한 기자 몇몇이 들이닥쳤다.

"왔다 갔지?"

보안사 사람들 이야기였다.

"그래."

"뭐래?"

자세한 내용은 말해주지 않았다. 그게 판사로서 옳은 행동이었다. 이후에도 기자들은 무슨 말들이 오갔는지 캐물었으나 끝까지 말해주지 않았다. 그러는 사이 재판기일이 되었다. 얼마나 내 인기가 높아졌던지 하루는 정보부서에서 고위직으로 근무하던 친구에게 "정보 계통에서 황 판사 이름이 돌아다니는데 무슨 일이 있느냐?"는 전화까지 받았다. 아마도 정보부서에서 내 주변을 캐고 있는 것 같았다.

자꾸 압박을 하니까 점점 오기가 생겼지만 한편으로는 걱정도 되었다. 그리고 이 모든 상황이 한심스러웠다. 어떻게 할까 고민하다가 대법원장께 면담 신청을 했다.

"이런 사건 잘 처리하면 황 판사가 더 성장할 거야. 그 사람들이 그러면 안 되는데…. 내가 그 사람들 윗선에 말해보지. 잘 처리하게."

말을 안 해서 그랬는지, 했는데도 별 소용이 없었는지 그 이후에도 압력은 계속되었다. 주변을 조사하는 보안당국의 압력은 꾸준했고 여기에 기자들의 압박도 가해졌다. '황 판사가 여태까지는 판사로서 정도를 걷는다고 큰소리쳤는데 어디 두고 보자'는 식이었다. 서로 다른 결과를 바라는 세력의 압박에 나는 샌드위치 신세였다.

선고가 임박했을 때 법원장이 불렀다.

"자네는 집안도 좋고 장래가 촉망되어서 형사법원으로 발령했으니까 이런 사건에서 모나게 굴지 말게. 전에도 말했듯이 1심에서는 실형으로 하는 것이 좋겠어."

나는 또 울컥했다.

"그러면 사건을 다른 판사에게 재배당해 주십시오."

법원장은 어이가 없다는 듯 나를 보았다.

"그럼, 마음대로 해봐. 대신 내가 황 판사 장래는 책임져주지 못해."

"제가 언제 장래 책임져달라고 했습니까. 제 마음대로 하겠습니다."

내 방으로 왔더니 기자들이 또 달려들어서 원장이 무슨 말을 하더냐고 캐물었다. 아무 말도 하지 않았다.

선고 전날 저녁, 아버지께 조언을 구했다. 내가 아는 아버지라면 소신껏 하라고 하실 줄 알았는데 자식의 일이라서 그런지 원장의 말도 참고하는 것이 좋겠다고 하셨다. 아버지와 대화하고 나서야 결론이 났다. 나는 조언이 필요했던 게 아니라 자기 이해관계 없이 내 의견을 지지해줄 사람이 필요했던 것이다.

징역 2년에 집행유예 3년.

판결이 선고되자 그 의미를 모르는 보안당국 사람들이 우왕좌왕했다. 기자들은 마치 사전에 연습이라도 한 듯 "황 판사가 변했네. 이렇게 중형을 내릴 줄은 몰랐어"라며 엄살을 피웠고 그들은 "정말 중형이냐?"고 물었다는 얘기도 전해졌다. 나로서는 기자와 국방부 사무관의 범법 행위와 과실에 대해 상징적인 처벌을 함으로써 더 이상의 처벌 논의를 막고 실제로는 아무도 다치지 않게 하려는 고심 끝에 내린 판결이었다.

소신대로 했어도 잔뜩 긴장해서 내린 판결이었는데 이후의 상황은 싱겁게 끝났다. 엄벌, 엄벌 하던 검찰은 항소를 포기했고 보안당국의 압력도 더 이상 없었다.

유죄와 무죄 사이

1972년이었던 것으로 기억한다. 내가 대법원 재판연구관
으로 일할 때인데, 시국사건 하나가 들어왔다. 모 대학의 학생
이 화장실에 박정희 대통령을 비난하는 낙서를 했다는 혐의로
구속되어서 1심과 2심에서 유죄를 받고, 다시 상고를 해서 대
법원까지 오게 된 것이었다. 대법관이 아무래도 이상하니까 한
번 보라고 해서 봤는데 '냄새가 났다'. 농담 삼아 하는 말인데
어느 정도 경력이 쌓이면 조작된 건지 아닌지 자료를 보면 안
다는 뜻이다. 원심 판결을 깨고 다시 돌려보내야 할 것 같다고
말씀드렸더니 대법관은 선례가 있느냐고 물었다.

"아니, 선례가 어디 있습니까? 이렇게 엉터리로 하는데. 깹
시다."

"괜찮겠어?"

"괜찮거나 말거나 이거 엉터리 아닙니까."

그렇게 파기 환송을 해서 2심에서까지 유죄였던 학생은 무죄로 풀려났다.

사건은 이렇게 만들어졌다. 대통령을 비난하는 낙서에 경찰서가 발칵 뒤집어졌고 곧바로 탐문 수사에 들어갔다. 곧이어 아무개가 화장실에 들어가는 것을 본 것 같다는 진술이 확보되었다. 경찰이 용의자를 잡아 족쳐도 부인했다. 필적 감정을 해보니 국과수에서 동일 필적이 아니라는 결과가 나왔다. 최소한 여기서 끝났어야 했다. 그러나 경찰은 학생에게 낙서를 보여주면서 "이대로 베껴 쓰라"고 했다. 스스로 죄인이 되기 위해 열심히 필적 흉내를 냈을 리는 없지 않은가. 아무튼 그렇게 해서 다시 필적 감정을 했고 결국 동일 필적인 것으로 결론이 났다. 말이 안 되는 상황이지만 "할 말 있으면 검찰에 가서 하라"는 경찰의 말에 따라 '자백'을 했을 것이다. 하루라도 빨리 경찰의 손에서 벗어나고 싶었을 테니까.

그다음의 순서도 가관이다. 검찰은 "경찰에서 다 자백해놓고 왜 딴소리야. 할 말이 있으면 법원 가서 해"라고 하고 법원에서는 "검찰에서 다 시인해놓고 왜 여기서 부인해. 할 이야기 있으면 고등법원 가서 해"라고 하고 고등법원 역시 "다 자백해놓고 여기서 딴소리야"라고 했을 것이다. 그렇게 해서 대법원까지 왔다.

사람들은 고등법원에 가면 사건을 좀 더 자세히 볼 거라고 생각한다. 그런 기대로 항소도 하는 것인데 현실은 다르다. 병원에서는 피고인이 억울해서 항소했다는 생각은 없고 형식적인 증거만 있으면 그냥 따라간다. 의심을 해보지 않는 것이다. 나는 당연히 내가 해야 할 일을 한 거지만 얼굴도 본 적 없는 그 친구는 내 덕에 구사일생했다. 그러나 대법원에 올 때까지 6~7개월 걸리는 것을 감안하면 봉변도 그런 봉변이 없고 지옥도 그런 지옥이 없다.

결과는 좀 다르지만 비슷한 사건이 또 있었다. 서울형사지방법원 단독판사로 일할 때인데 절도 혐의로 들어온 피고에게 무죄를 선고했다. 판결 다음 날, 피고인이 나를 찾아왔다. 다른 판사들은 어땠는지 모르지만 무죄를 받은 피고인이 나를 찾아오는 일이 더러 있었다. 감사의 인사를 하러 오는 거라고 짐작하겠지만 전혀 아니다. 용무는 보통 '지방에 가야 하는데 여비를 좀 달라'는 것이다. 이번에도 또 그런 것이라 생각하고 물었다.

"왜, 여비 없어요?"

"아니요. 저는 무죄 될 줄 몰랐어요."

"그럼 절도를 했다는 이야기예요? 내가 판결을 잘못한 거요?"

"아니요. 저는 그거는 안 했어요."

"그런데?"

"딴 게 한 게 많아서….”

다른 데서는 많이 훔쳤는데 기소된 사건에 대해서는 무죄라는 거였다. 그러니까 전과가 있는 사람이 경찰서에 붙들려 왔고 마침 이전에 신고된 미제 사건이 몇 개 있었다. 한 건이나 여러 건이나 형량은 비슷하니까 그런 것으로 하자고 뒤집어씌운 거였다. 그런데 내가 피해자를 불러서 물어보니 날짜도 안 맞고 여러 가지가 이 사람이 범인이라는 증거가 되지 못했다. 그래서 무죄를 내린 것이다. 재판이라는 게 기소된 건에 대해서만 하는 거니까 무죄 판결이 맞긴 하다. 그래도 좀 찜찜한 기분은 어쩔 수 없었다.

그가 진짜 절도를 저지른 건에 대해서는 검찰이 기소를 안 했으니 도리는 없고 이건, 참…. 세상일이라는 게 참 간단치가 않다.

조금만 더 귀 기울여 들어주면 된다

"걷지도 못하는 게 무슨 변호사야!"

원고가 상대측 변호사에게 해서는 안 될 말을 했다. 일제 강점기 학도병으로 징집되었다가 다쳐서 걷지 못하는 변호사였는데, 어떤 이유로 다쳤든 해서는 안 되는 말이다. 나는 재판을 진행하는 판사로서 그래도 호통치지 않고 권유하는 식으로 점잖게 말했다.

"영감님, 그렇게 말씀하시는 거 아닙니다."

그러자 서기가 펄쩍 뛰듯이 일어나더니 나지막하게 "조심하세요"라고 했다. 뭘 조심해야 하는지 몰라서 왜 그러냐고 물었다.

"저 영감, 보통 영감이 아닙니다. 판사님을 고소할지도 몰라요."

내 나이 스물아홉 살, 천안법원에 근무할 때 만난 분이다. 아직도 이름이 생생한, 유직상이라는 분. 갓 쓰고 도포 입고 전대 맨 60세 노인이었다. 산골에서 혼자 살고 재산은 좀 있는, 그러나 악명 높은 노인이었다. 수로가 자기 땅을 지나가니까 그 물을 쓰는 사람들에게 물세를 받아야 한다고 소송을 걸었는데 도무지 앞뒤 말이 맞지가 않았고 사건이 될 일도 아니었다.

사람들은 '유직상' 이름 석 자만 들어도 손사래를 쳤다. 누구든 마음에 들지 않으면 고소를 하고 소송을 걸었다. '저놈 아주 나쁜 놈이니까 구속해'라는 요구를 들어주지 않았다고 검사를 직무유기로 고소했다. 군수를 만나고 싶은데 만나주지 않았다고 직무유기로 고소했다. 그뿐인가. 기차에서 표를 검사할 때 나중에 소송비용 청구할 때 증거로 쓴다며 표를 내지 않다가 검표원이 계속 표를 달라고 하면 고소를 해버렸다. 누구든, 무슨 이유이든 그에게 밉보이면 고소당할 각오를 해야 했다. 그때까지 나는 그의 명성을 모르고 있었다. 알았더라도 별로 달라질 건 없었겠지만.

어쨌거나 사건이 되지 않는 재판을 오래 끌 필요는 없어서 "다른 재판이 많으니까 끝나고 판사실로 오시면 좀 알려드리겠다"고 했다. 판사실로 온 그는 '여차하면 너도 고소해버리겠다'는 표정으로 삐딱하게 나를 쳐다봤다.

"내가 황 판사 왔다는 말은 들었고 남들 말 들어보니 잘한다고 하기는 하던데…."

천안에서 2년 근무했는데 1년쯤 지났을 때 도시락 싸가지고 구경을 오는 사람들이 좀 있었다. 처음에는 구경꾼이 많아서 왜 왔는지 물었더니 "재판 잘하시는 판사님 오셨다고 그래서요, 구경 왔어요"라고 했다. 장난인 줄 알았는데 진짜였다. 당시엔 내가 젊고 패기가 넘치는 데다 유머까지 있다는 평판을 듣고 있었으니 그럴 법도 하다. 그러거나 말거나 내 앞에는 어쩌면 나를 고소해버릴지도 모르는 사람이 앉아 있었다.

"물세를 내라고 하시는 것 같은데 이렇게 하면 재판이 안 됩니다. 얼마를 썼으니까 얼마를 내라고 해야지 무조건 내 물값 내놔라, 이거는 안 됩니다."

"적어 오면 된다는 거요?"

"적어 오시고 증인도 있어야지요. 그러면 됩니다."

물색해 둔 증인이 있는 것처럼 돌아가긴 했는데 끝까지 증인도 못 찾고 증거도 대지 못해서 기각을 시켰다. 소문으로 듣기엔 사건을 기각시키면 이분은 다음 날 득달같이 온다던데 일주일이 지나고 2주일이 지나도 소식이 없었다. 겨울에 찬바람 쐬고 다니다 병이라도 나셨나 궁금하기도 하고, 혹시 돌아가셨나 걱정도 좀 되었다. 얼마간의 시간이 지난 후, 어느 날 판사실 문이 딱 열리더니 그분이 모습을 드러내며 나를 꼬나

봤다.

"에이, 황 판사! 무슨 판결을 그렇게 해!"

"왜요? 판결이 마음에 안 들어요?"

"에이, 참!"

"우선 앉으세요. 그런데 왜 이렇게 늦게 오셨어요?"

"눈이 와서 못 왔지. 그런데 왜 재판을 그렇게 해?"

"생각해 보세요. 증인이 나오지도 않고 증거도 없잖아요. 증거 재판하는 건 아시죠?"

"알지, 그럼. 증거 있으면 이겨?"

"증거 있으면 이기죠."

알겠다고 하고서 고등법원으로 갔다. 항소가 진행되던 중이었던 것 같은데 또 나를 찾아왔다.

"내가 고등법원장한테 황 판사 재판 잘하니까 고등법원 판사로 승진시키라고 했어. 잘했지?"

속으로 이분이 나를 칭찬하면 나도 미친놈이 되겠구나 싶었다.

"고맙기는 한데 제가 갈 서열이 안 됩니다."

"서열이 안 되긴 무슨, 가면 되지."

그렇게 몇 번 만나면서 그분하고 친해져버렸다. 천하의 유직상과 친한 황 판사라는 소문이 나면서 술자리에서 장가나 가시라고 했다가 고소당한 검사, 만나주지 않은 죄로 고소당한 군수 등이 나를 만나기만 하면 "황 영감, 유직상하고 친하다는데 어떻게 해서 친해졌어요?"라고 물었다.

"별거 없어요. 그냥 친절하게 대했어요. 원칙대로 하고."

진짜 그게 다였다. 밥을 사지도 않았고 술을 사지도 않았다. 그에게 유리한 판결을 하지도 않았다. 그저 마음을 좀 열고 사람을 사람으로 대한 것밖에 없다. 상식적으로, 법적으로 그분이 제기한 소송은 말이 되지 않는다. 그래도 당사자는 뭔가 분하고 억울할 수 있다. 억울한 건 억울한 거고 법은 법이다. 판결은 그에 따르면 된다. 그렇다고 "법이 이런데 말도 안 되는 소리 하지 마세요"라고 할 건 없다. "억울하겠지만 법은 이렇습니다"라고 하는 게 좋다. 내가 "왜 증거를 안 대요!" 이런 식으로 나왔다면 '어린 자식이…' 이렇게 되었을 것이다.

역시 천안에 있을 때였다. 이웃 간에 송사가 붙었는데 발단은 엉뚱하게도 소였다. 제대로 묶어놓지 않은 소가 이웃집 배추밭에 들어가 뜯어 먹고 밟고 했다는 것이다. 적당한 선에서 물어주면서 사과하고 막걸리 한잔하는 것으로 끝날 수도 있는 일이었다. 그런데 대화가 제대로 풀리지 않았다.

밭 주인은 흥분해서 큰소리부터 냈을 것이고 소 주인도 "소가 그러는 걸 내가 어떡하냐"고 대거리를 했을 것이다. 한참 싸우다가 소 주인의 "법대로 하라"는 말에 "오냐, 두고 보자" 하고서 변호사를 찾았을 거다. 변호사는 소송 거리가 되지 않는 일인데도, 아니 소송하지 않는 것이 더 좋은 일인데도 수임료 몇 푼 벌어보겠다고 '배추 100포기 값을 물어내라'는 소송을 진행했다.

도대체 밭에 배추가 몇 포기가 있었는지, 그중에 소가 몇 포기를 먹었는지 원고와 피고의 주장이 다르고 배불리 먹은 소도 답이 없다. 그래서 이 다툼에 또 다른 이웃이 원고 측 증인으로 불려왔다. 보통 증인신문은 오후에 있는데 시골에서 오는 사람들은 대개 점심 이전에 도착한다. 그날의 원고와 증인도 점심에 곁들인 막걸리 탓에 얼굴이 벌겠다. 증인은 사전에 짠 각본대로 변호사가 물어보는 족족 "예, 예" 했다. 흥분한 피고는 "저놈이 술 얻어먹고 저런다"면서 펄쩍펄쩍 뛰었다.

소 주인을 진정시켜놓고 증인에게 물었다.

"소가 들어간 것까지는 알겠는데 그게 100포기인지, 200포기인지 어떻게 알아요?"

"예? 그걸 제가 어떻게 알아요? 남의 밭 배추가 100포기인지, 200포기인지."

"잘 모르시면 잘 모른다고 해야지 아까는 잘 안다고 하셨잖아요."

"제가 잘 안다고 그랬나요? 잘 모르죠."

재판이라는 게 두 사람이 하는 건데 무승부가 없다. 꼭 한쪽이 지는 것이다. 분명히 분쟁은 있는데 그것을 판단할 증거가 없다. 기각하면 원고가 화를 낼 것이고 물어내라고 하면 피고가 억울할 것이다. 죽어도 합의 못 하겠다고 하면 도리 없지만 판사는 분쟁을 빨리 종결하는 쪽으로 그들의 마음을 열어야 한다. 말을 좀 더 해야 하고 더 많이 듣겠다는 생각만 있으면 재판이 부드러워지고 빨리 해결된다. 추상과 같이 판결을 내리는 것만이 중요한 게 아니다. 이런 사건의 경우, 처음부터 화해를 이끌어내겠다는 마음을 먹어야 한다.

먼저 피고를 판사실로 불렀다. 재판정에서는 길길이 뛰던 사람도 차분하고 친절하게 물어보면 보통 진심을 이야기한다.

"남의 밭을 망쳤으니까 잘못한 거는 있죠?"

"잘못한 거는 있죠."

"그러면 좀 물어주고 말지 그러세요."

"아니, 조금 달라면 줄 건데 100포기를 물어내라니까 그렇죠. 저놈이 아주 나쁜 놈이에요. 이걸 재판까지 갖고 오고."

물어줄 마음은 있는데 100포기는 너무 많다는 거였다. 다음에는 원고를 불렀다.

"피고도 물어줄 마음은 있다니까 적당한 선에서 하시죠."

"아니, 달라고 그러는데 안 주니까요. 억울하면 재판하라고 해서 했습니다."

"애들도 키우는 분들이 옆집 사람까지 증인으로 세우고 이게 뭡니까?"

그러고서 서기가 알아온 배추 한 포기 값에 30을 곱한 값을 제안했다.

"한 30포기 정도에서 합의하시죠."

"그런데 저놈이 줄까요? 아주 나쁜 놈인데."

"그거는 제가 확실히 못을 박겠습니다."

그러고서 다시 피고를 불러서 물었더니 너무 많다고 했다.

"저쪽은 변호사도 댔으니까 그렇게 합의하고 막걸리라도 한잔하시고 푸세요. 대단한 것도 아닌 걸로 평생 싸우실 거예요?"

물어주는 것만 합의하고 그냥 가면 언제 주느냐로 또 시비가 생기니까 피고의 확답을 받아야 한다. 법적으로 아무 방법도 없으면서 만약 그때까지 안 주면 내가 가만 안 놔둔다는 협박도 곁들였다.

민사소송으로 법원에 오는 분들 중 절대다수가 피고에게 큰돈을 뜯어내려고 하는 게 아니라 '내 말 좀 들어달라'고 오는 사람들이다. 실제로 이야기를 충분히 들어주면 '내가 저 새끼 보기 싫지만 판사님 얼굴 봐서 한다'면서 합의하는 경우가 많았다. 꼭 법정에서의 문제만은 아니다. 일상생활에서도 자기 기준에서 아니다 싶으면 이해하려 하기보다 비난을 먼저 한다. 왜 억울한지, 왜 화가 나는지 이해해보려고 하지 않는다. 이래서는 갈등의 골만 깊어진다. 부처님처럼 넓은 마음도 필요 없다. 그냥 조금만 마음을 열면, 그저 상대방을 사람으로 대해주면 된다.

판사와 점쟁이의 차이

40년 전, 혜화동에 살 때 일이다. 매일 동네 목욕탕에 갔는데 하루는 일하는 어린애가 목욕하고 나가는 나를 불렀다. 열살이 채 되지 않은 아이였다. 당시에는 목욕탕에서 표도 주고 비누도 가는 자잘한 일을 하면서 밥만 얻어먹는 아이들이 있었다. 어떻게 알게 되었는지는 모르지만 녀석은 내가 판사라는 걸 오래전부터 알고 있었다. 이 당돌한 녀석이 실실 웃으면서 항의하듯, 호통치듯 말했다.

"판사님, 아무리 판사님이라고 하지만 나이 많은 분한테 반말을 하세요?"

무슨 말인지 몰라서 왜 그러냐고 물었다.

"아까 입구에서 마주치신 분, 판사님보다 나이가 많은데 반말을 하셨잖아요. 그런 분 아닌 줄 알았는데 판사라고 그러시면 안 돼요."

입구에서 마주친 사람은 나이를 얼굴로만 먹은 고등학교 동창이었다. 내가 사실을 밝혔음에도 녀석은 내 결백을 믿지 못하는 눈치였다. 노안인 내 동창의 잘못이지, 사실 그 녀석의 말 중에 틀린 게 하나도 없다. 판사라고 나이 많은 사람에게 반말을 해서는 안 된다. 또한 나보다 나이가 어리더라도 성인에게 함부로 말을 놓아서는 안 된다.

40년 전 꼬맹이도 아는 걸 모르는 판사들이 많다. 60대 노인에게 "늙으면 죽어야 한다"고 했다는 40대 판사도 있었고, 자기보다 30년은 먼저 태어난 사람에게 "버릇없다"고 했다는 판사도 있었다. 이쯤 되면 반말은 양반인 셈이다.

막말까지는 아니어도 그에 준하는 모욕적인 발언을 일삼는 동료 판사가 적지 않았다. 이들은 걸핏하면 피고를 앉혀놓고 야단을 치고 훈계를 했다. 판사가 반성을 요구하면 개과천선할 거라고 진심으로 믿고 있었다. 그런데 내 경험에 의하면 당사자들은 훈계하는 걸 제일 싫어한다. 싫어할 뿐 아니라 모욕으로 느낀다. 피고라고, 죄를 지었다고 해서 판사의 훈계를 들을 까닭은 없다.

나는 피고들이 가끔 어처구니없는 소리를 하면 같이 웃었다. 같이 웃으면서 "잘 처리해달란 얘기죠"라고 받았다. 그들은 다 이유가 있어서 그렇게 할 수밖에 없었고, 잘못이라기보다 운수가 나빴다고 생각한다. 그러니 말하는 거 다 들어주고 판결은 법대로 하면 된다. 화낼 이유도 없고 호통칠 이유도 없다.

경우는 좀 다르지만 미국 법정에서 신선한 경험을 했다. 배심원 중 한 명이 아기를 병원에 데리고 가야 해서 내일 재판에 나올 수 없다고 했다. 판사는 훈계도 하지 않았고 야단도 치지 않았다. 안 나오면 처벌받는다는 말도 하지 않았다.

"개인 사정 있다고 못 나오면 우리 재판은 어떡합니까? 재판을 못 하게 되면 법적 질서가 수립이 안 되지 않겠습니까? 협조 좀 해주시죠. 병원 예약이 몇 시죠?"

"오후 2시입니다."

"그러면 오전 재판만 하고 오후에는 보내드릴게요. 오실 수 있죠?"

그 배심원은 얼굴이 환해져서는 "Thank you"를 연발했다. 미국은 변호사 경력이 15년은 되어야 판사가 될 수 있다. 그중에서 평판 좋은 사람이 연방판사가 될 수 있다. 미국과 똑같이 할 필요는 없지만 우리나라에서도 판사가 되려면 아량과 소통에 대한 트레이닝은 필요하다.

사법연수원에서 강의할 때 판사들에게 묻는 말이 있다. 아직까지는 대답하는 사람이 아무도 없었다.

"판사하고 점쟁이는 뭐가 다르죠?"

답은 간단하다. 점쟁이는 물어보지 않는다. 이것저것 많이 물어보면 용한 점쟁이가 아니다. 엉덩이가 방석에 닿기도 전에 자식 때문에 왔는지 남편 때문에 왔는지 알아야 한다. 그것뿐만 아니라 자식의 학업이 문제인지 결혼을 못 해서 고민인지 알아야 한다. 남편이라면 직장이 문제인지 바람기가 문제인지 알고 부적이든 굿이든 해결책을 제시해야 한다.

판사는 다르다. 많이 물어볼수록 좋은 판사다. 끈질기게 물어봐야 사실에 접근할 수 있다. 재판에서 제일 중요한 것은 사실이다. 그런데 우리나라 판사들 상당수가 묻지 않는다. 마치 점쟁이처럼 사건 기록만 딱 보면 다 안다는 듯이 재판을 한다. 사람을 죽여도 어떻게 죽였는가에 따라 형이 달라진다. 그러면 꼬치꼬치 캐물어서 왜, 어떻게 죽였는지 사실을 알아내야 하는데 어떻든 사람을 죽였으니까 다 똑같은 정도의 나쁜 놈이라고 취급하는 것이다.

학교에서 가르치든, 연수원에서 훈련을 시키든 여유와 아량이 있는 판사를 배출해야 한다. 재판 당사자와 소통할 수 있는 판사를 길러내야 한다. 그리고 이미 판사가 된 사람들에게도 같은 교육을 시켜야 한다. 법이야 책을 보면 되지만 여유와 아량을 가지고 소통하면서 재판하는 법을 터득하는 것은 책으로는 되지 않는다.

판사가 인생을 모른다

20대 중반의 여대생이 있었다. 학생이면서 가족을 부양해야 했던 여대생은 술집에 나갔다. 그렇게까지 해서 돈을 벌었지만 현상 유지일 뿐 나아지는 것은 없었다. 무엇이든 탈출구가 필요했던 여대생은 돈 많은 70대 노인에게 시집을 간다. 노인은 어떻게 해서든 젊은 여자를 안아보려고 몸에 좋다는 약은 다 먹었다. 집 안에는 늘 한약 달이는 냄새가 진동을 했고 여자는 그 냄새가 너무 싫었다. 여자에게는 또래의 대학생 애인이 있었다. 밖에서 몰래 만나곤 했는데 노인의 자식들이 추적을 해서 '바람피우는 현장'을 덮친다. 결국 여자는 자살을 하고 노인은 본인도 알고 있었노라고, 그런 거라도 없으면 그 여자가 어떻게 버텼겠냐며 자식들을 나무랐다. 그녀의 애인이 유골을 뿌려주는데 그것이 꼭 안개처럼 흩어졌다는 얘기가 한수산의 소설《안개》의 줄거리다.

이 외에도《난장이가 쏘아올린 작은 공》,《잉여인간》처럼 우리 사회의 약자를 다룬 소설들을 많이 읽었다. 내가 경험해보지 못한 그들의 사정을 알아야겠다고 생각했다. 지금 생각하면 그런 마음을 먹고 행동했던 게 이상하긴 하다. 판사 임용되고 난 직후에 그랬다. 그렇게 하는 선배를 본 것도 아니고 누가 조언을 해준 것도 아니다. 왜 그랬을까, 곰곰이 생각해보면 원인으로 추측되는 몇 가지가 있긴 하다.

첫째는 권선징악이 주제인 서부영화를 좋아했다는 것이다. 주인공은 보안관이기도 했고 보안관에게 쫓기는 사람이기도 했다. 신분은 다양했지만 강자에 대항하고 약자에게 따뜻했다는 공통점이 있었다. 특히 앨런 래드가 주연한 〈셰인Shane〉이라는 영화의 주인공인 셰인 같은 사람을 좋아했다. 그래서 첫 외손자의 이름도 셰인으로 지었다. 두 번째는 법철학을 공부했다는 것이다. 인간에게는 태어나면서부터 가지는 천부의 권리, 즉 자연법상의 권리가 있다. '못 사는 사람들을 어떻게 법적으로 돌봐줄 것인가'라는 것이 법철학의 논점이다. 세 번째는 개발독재가 마음에 들지 않았다. 먹는 것도 중요하지만 그것을 빌미로 반대하는 사람들을 쓸어버리는 게 싫었다.

어쩌면 어머니가 '배후'일지도 모르겠다. 어머니는 집에서 일하는 사람들에게 반말을 쓰지 못하게 했다. 친구는 말을 놓는다는데 우리 집은 그렇지 않아서 불만을 가졌던 적도 있었다. 나보다 나이가 많으니까 존대를 하는 게 상식이다. 그러나 오늘날의 상식이 1950~1960년대에는 상식이 아니었다. 주인집 사람들과 일하는 사람들 사이에는 격차가 있으니 반말을 해도 된다는 게 일반적이었다. 그보다는 아예 그런 고민도 없이 그냥 말을 놓았다는 게 맞는 표현이겠다.

내가 약자를 이해하려고 노력했던 이유나 원인들은 이후에 생각해낸 것이고 어쩌면 내가 그냥 그런 성향을 타고났을지도 모른다. 아무튼 공감하는 능력 덕분에 밖에 있을 때와 법정에 있을 때가 다르다는 말을 선배 변호사들에게 들었다.

"밖에서는 사람이 지랄 같은데, 법정에서는 피고인들한테 참 잘해."

그때는 판사에게 잘 보여야 하는 변호사가 듣기 좋으라고 하는 소리라고 여겼다. 나중에 내가 변호사가 되고 보니 나처럼 '친절한' 판사가 별로 없어서 아부성 발언이 아니라는 걸 알았다. 내가 피고인들에게 잘했다는 게 특별한 게 아니다. 예를 들어 자기가 살던 집의 소유권을 잃어버린 사람이 있다. 새 주인이 자기 집에서 나가라고 하는데 버틴다. 그러면 집주인은 소송을 걸 수밖에 없다. 남의 집이니까 나가라면 나가야 한다. 언제 비워줄 거냐고 물어보면 대개 이렇게 답한다.

"우리 식구는 어디 갑니까, 이 엄동설한에."

꼭 겨울일 필요도 없다. 계절이 언제든 급하고 딱한 사정이다.

"법에 그렇게 되어 있는데 어딜 가든 알아서 가야지, 버티고 있으면 어떡해요. 당장 나가요."

판사가 이렇게 말해도 틀린 말은 아니다. 그러나 어차피 재판에서 질 사람이다. 결국 살던 집에서 떠나야 할 사람이다.

"참, 내가 봐도 사정은 딱하고 나도 도와줬으면 좋겠지만 법은 그게 안 됩니다. 거꾸로 한 번 생각해보세요. 원고 사정도 있지 않습니까. 그러면 봄에 나가시면 되겠어요?"

"그럼 뭐 어떻게든 해보죠."

그다음에 집주인을 불러서 양해를 구한다.

"봄에는 나가겠다니까 그때까지 좀 봐주시죠."

"안 됩니다."

펄쩍 뛰지 않는 사람을 본 적이 없다. 자기 재산권을 행사하겠다는 사람을 막을 방도는 없다. 그러나 살짝 연기하는 방법은 있다.

"법적인 권리로 말하면 저쪽에서 당장 나가는 게 맞습니다. 그렇다고 재산권 행사를 마음대로 하는 게 아닙니다. 조금 양보를 해주시죠."

대부분 이렇게 말하면 양보를 해준다. 그래도 당장 재산권 행사를 해야겠다는 사람에게는 이렇게 말해줬다.

"그러면 마음대로 하세요. 다음 재판을 내년에 잡을 거니까."

이 정도에서 다들 마무리가 된다.

솔직히, 지금 생각하면 내가 어떻게 재판을 했는지 끔찍하게 느껴질 때가 있다. 사람들의 유죄와 무죄를 판결하기 시작했을 때 내 나이 스물일곱 살이었다. 고작 스물일곱. 내가 조금 빠르다고 해도 대체로 서른 살 이전에 판결을 시작한다. 워낙 오래전부터 그렇게 해와서 당연하게 여겨지지만 생각해보면 어이없는 일이다. 공부만 한 새파란 것이 인생을 알면 얼마나 안다고…. 나이를 먹는다고 현명해지는 건 아니지만 그래도 너무 어리다. 법정에서는 근엄한 척하고 밖에서는 위엄을 내세우지만 자기들끼리 판사실에 있을 때는 초등학생이나 하는 연필 굴리기도 하고 자기들끼리 반말하면서 논다. 이게 현실이다.

법만 잘 알고 있으면 되지 인생을 알 필요가 뭐가 있느냐고 할 수 있다. 그런데 정말 중요한 사실이 하나 있다. 염소, 강아지, 토끼도 아니고 냉장고, 세탁기, 자동차도 아니다. 재판은 사람이 받는 것이다. 인생을 안다는 것은 곧 사람을 아는 것이다. 솔로몬이 법을 잘 알아서 명판결을 내린 게 아니다. 피는 한 방울도 흘리지 말고 살만 베어내라는 명령이 법전에 있을 리 없다.

판사가 유죄와 무죄를 판결하듯, 야구심판도 볼과 스트라이크, 아웃과 세이프를 판정한다. 심판의 판정은 경기에 지대한 영향을 미친다. 판정 하나에 승패가 갈리기도 하고 오심 하나가 분위기를 바꿔서 경기가 뒤집어지는 사례도 얼마든지 있다. 그런데 야구 규칙을 완벽하게 외우고 있지만 경기 경험이 전혀 없는 사람이 심판을 본다면 어떨까? 경기 진행이 미숙해 흐름이 끊길 테고 관람의 재미가 반감될 것이다. 불협화음이 생기면서 선수들은 더그아웃에서 방망이와 글러브를 집어던질 것이다.

우리나라 판사도 야구 안 해본 심판과 같다. 법률은 공부했는데 재판하는 법은 하나도 안 배웠다. 판사가 되려면 많은 법률 지식을 배우고 알아야 한다. 그것도 부족해 연수원에서도 법률과 판례를 배운다. 그런데 어쩌면 가장 중요하다고 할 수 있는 사람은 배우지 않는다. 재판의 당사자인 사람을 배우지 않으니 재판하는 법도 배울 수 없다.

피고든 원고든 그들은 판사에게 자신의 인생을 맡기는 것이다. 그런데 법원에는 법만 있고 인간에 대한 존중이 없다. 재판받는 사람이 불행해지는 것은 그래서다.

법대로, 칼처럼 하는 건 그렇게 어렵지 않다. 판사는 판결로 말한다지만 꼭 그렇지만도 않다. 판결을 하는 과정에서 얼마든지 억울한 사람의 말을 들어줄 수 있다. 두 사람 모두에게 이익이 되는 화해로 조정할 수도 있다. 법원에 오는 사람들, 소송을 거는 사람들은 판결을 해달라고 오는 게 아니다. 분쟁을 해결해달라고 오는 것이다. 판사가 신이 아닌 이상 판결 없이 조정만으로 분쟁을 해결할 수는 없다. 하지만 당사자의 말에 공감해주면서 약간의 위트와 유머를 발휘하면 사람들이 훨씬 더 만족하는 법정이 될 수 있다.

판사에겐 한 건, 그에겐 인생

의정부지방법원에서 몇 달 근무한 적이 있다. 철원, 동두천, 파주 등지가 관할인 곳으로 재미있는 특징이 하나 있었는데, 다른 법원에 비해 항소 건수가 압도적으로 적다는 것이었다. 이른바 잡범들은 특별히 억울한 게 없어도 항소를 한다. 구치소에 좀 더 있겠다는 전략이다. 구치소에서는 전과 많은 사람이 큰소리를 친다. 이왕 갇혀 있을 바에야 큰소리칠 수 있는 데서 조금이라도 더 있고 싶은 것이 인지상정이다. 낮은 항소율의 비밀은 의정부교도소의 지리적 특성에 있었다. 거기서 재판을 받으면 의정부교도소로 가게 되는데 연고지와 가까워서 가족들이 면회 오기가 좋았다. 항소를 하면 수원교도소로 이감되니까 면회 오기가 쉽지 않다. 나는 교도소에 가본 적이 없고 군대도 장교로 근무하는 바람에 면회의 절박함을 모르지만 복역하는 사람들은 그게 굉장히 중요하다고 한다.

거기서 일할 때 외할아버지가 돌아가셨다. 외할아버지는 내가 똑똑하고 건방진 놈이라 큰 인물이 될 텐데 독해서 걱정이라고 하셨다. 성질이 거치니까 군인이 되어도 좋겠다고 하셨다. 특별히 친근함 같은 건 없었다. 연락을 받고 부랴부랴 가서 밤을 꼬박 샜다. 그리고 아침에 정상 출근을 했다. 그 사실이 법원 내에 알려지면서 내 '인정머리'가 화제에 올랐다.

"사람이 어떻게 그래. 외조부가 돌아가셨는데 장지도 안 가고, 인정머리 없이."

"재판이 잡혀 있는데 어떡해요?"

"재판이야 다음에 해도 되잖아. 사람이 그러는 거 아니야."

비난보다는 걱정이었고, 경사는 빼먹어도 조사는 꼭 챙겨야 한다는 충고 정도의 말이었다. 외할아버지 장례식에서 하룻밤만 새고 나오는 손자의 마음도 그렇게 편하지만은 않았다. 친근하지 않아도 외할아버지는 어머니의 아버지다. 어머니와 친지들에게 죄송하다는 말씀을 드리고 온 데에는 그럴 만한 이유가 있었다. 그날 아침 10시에 민사재판이 잡혀 있었다. 교통이 발달하지 않았던 때라 철원, 동두천, 파주 등에서 재판 당일 출발하면 10시까지 올 수 없다. 재판 시간에 맞추려면 하루 전날 와야 한다. 내가 약속된 날짜에 재판을 진행하지 않으면 이분들은 이틀을 허비하는 셈이다. 그래서 외할아버지도 아실 거라 믿고 출근을 한 것이다.

　판사에게 재판은 업무다. 직장인이 일이 많으면 몇몇 업무를 뒤로 미루는 것처럼, 판사도 사정이 있을 때는 재판 기일을 미룰 수 있다. 판사 한 명이 처리하는 사건은 매월 수백 건이다. 그중 몇 건을 뒤로 미룬다고 당장 문제가 생기지는 않는다. 일반 직장인처럼 월별로 처리해야 하는 '실적'이 있는 것은 아니나 매월 처리 건수가 통계로 발표되니 자연히 신경이 쓰인다. 사람인 이상 일정에 쫓기다 보면 자세히 들여다봐야 할 사건도 그냥 넘길 수 있다. 판사 사회 내부에서 보면 무리가 없는 논리다. 지금도 대부분의 판사가 '무리 없는 논리'에 따라 재판을 하고 있다.

　이 논리의 치명적인 문제는 그 중심에 사람이 빠져 있다는 것이다. 피고 혹은 원고로 불리는 '사람'이다. 판사에게는 수백 건 중 하나에 불과한 사건, 연간 수천 건 중 하나에 불과한 사건이지만 재판을 받는 사람에게는 평생에 단 한 번 받는 재판이다. 간혹 그렇지 않은 사람들도 있지만 절대다수가 그렇다. 판사들에게 법원은 매일 가는 지루한 직장이지만 재판을 받는 사람들에겐 긴장되고 두려운 곳이다. 그날 어떤 사람은 감옥에 가고 어떤 사람은 석방된다. 돈을 물어줘야 할 수도 있고 받을 수도 있다. 해고되었던 직장으로 돌아갈 수 있는 사람이 있고 폭력을 휘두르는 남편과 이혼할 수 있는 사람도 있다. 이들의 인생은 업무로 취급될 수 없다. 여러 건 중 하나의 건으로 취급되어서는 안 된다.

인간적으로 얄미운 피고가 있긴 하다. 법정에서 최후진술 때는 "예, 뉘우치고 있습니다. 달게 받겠습니다"라고 해놓고 항소를 한다. 거기다 대고 "야, 너 구치소 더 있으려고 그러지"라면서 화낼 일이 아니다. 새로 죄를 짓겠다는 것도 아니고 구치소에서 폼 좀 재면서 있겠다는 거다. 그냥 모른 척하고 넘어가도 된다. '한 건'으로 빨리 처리를 하려니까 밉고 화가 나는 것이다. 그러나 그 사람은 법에 정해진 대로 자신의 권리를 행사하고 있을 뿐이다. 판사라는 사람이 '피고는 왜 자신의 법적 권리를 행사하는 거요!'라고 화내는 꼴이다.

죄를 지었다고 무시해도 되는 사람이 아니다. 죄를 지은 사람도 국민이다. 그들에게도 사정이 있고 하고 싶은 말이 있다. 재판받는 사람이 하는 말은 판사 개인에게 하는 말이 아니라 국가에게 하는 말이다. 그들에게 판사의 말은 나라의 말이나 같다. '법은 그렇지만 내 사정은 이렇다'고 말하고 싶고 '사정을 들어는 봤는데, 다 못 들어줘서 안타깝습니다' 이런 말을 듣고 싶다. 법적으로 허용할 수 없는 사정이 있다는 건 그들도 알고 있다. 거기다 대고 '법은 법이야! 내가 어떡해! 정 하고 싶은 말 있으면 써 내'라고 할 건 없다. 그래서 재판받은 사람들이 '언제 내가 나 구해달라고 그랬어? 내 이야기 좀 들어달랬지'라면서 판사와 법원과 국가를 욕하는 것이다. 재판받는 사람을 떼나 쓰는 사람으로, 실적 한 건으로 취급하니까 다들 법원에 가면 화가 나서 나온다. 구치소에서, 교도소에서 무슨 판사 죽일 놈이라는 말이 나오는 것도 이런 이유 때문이다.

이런 이야기를 판사들에게 하면 재판이 지연되어서 안 된다고 한다. 다시 말하지만, 재판의 지연은 순전히 법원의 사정이다. 당사자에게는 평생에 한 번, 어쩌면 인생이 걸려 있을 재판을 받는데 '지연되어서 안 된다'는 건 말이 안 된다. 이 세상에 누가 자기 인생이 그렇게 취급되기를 원하겠는가.

판사들이 처음 임용될 때부터 '재판은 일에 불과하니까 실적을 올리는 데 집중하자'라고 생각하지는 않는다. 시스템이 그렇게 유도하는 측면도 있다. 건물만 웅장하게 짓지 말고 시스템을 바꾸려는 노력을 해야 한다. 미국에 있을 때 판사들에게 배심원들과 생각이 다르냐 물었더니 거의 같은 결론이 나온다고 했다. 어느 정도 지식을 가진 사람들은 재판의 결과가 같다는 것이다. 내가 재판한 사건들도 토론의 장에 내놓으면 대체로 같은 판결이 나올 것이다.

이런 이야기하면 자기들이 특별한 재능을 가졌다고 생각하는 법관들은 발끈하겠지만, 재판의 90퍼센트 이상이 기계적으로 처리할 수 있는 일이다. 법 적용의 어려움이나 복잡함이 없다는 말이다. 우리가 영화나 신문에서 보는, 첨예한 법적 논쟁이 벌어지는 사건은 10퍼센트밖에 안 된다. 많은 이야기를 들어줘야 하는 사건도 여기에 포함된다. 그러면 90퍼센트는 빨리 처리하고 나머지 10퍼센트의 사건에 판사와 사법부의 정열을 쏟아야 한다. 그런데 다 똑같이 취급한다. 간단하게 끝낼 사건에 시간을 비슷하게 쓰는 바람에 깊이 들여다봐야 할 사건을 충분히 검토하지 못한다. 그러면서 업무가 과중하다고 하소연한다.

개혁을 하려면 결정 권한이 있는 사람이 움직여야 하는데 다들 어릴 때부터 판사로 군림하며 획일적인 분위기에 길들여진 사람들이라 쉽지 않다. 내가 이런 이야기를 하면 맞다고 하면서도 움직이지는 않는다. '감히 법원을!'이라고 하지 말고 컨설팅이라도 좀 받아보고 선진국들은 어떻게 하는지 보고 배웠으면 좋겠다. 그래야 법원을 위한 국민이 아니라 국민을 위한 법원이 될 수 있다. 언제까지 국민은 억울하고 판사는 힘든 시스템을 유지할 것인가.

법원이 사람을 사람으로 대하는 간단한 사례 하나를 소개하겠다. 미국은 당사자가 70세가 넘으면 재판을 빨리 해준다. 그런 법이 있는 것도 아니다. 왜 그런 관습이 생겼는지는 말하지 않아도 알 것이다. 별것 아닌 것 같지만 함의가 깊은 대목이다.

눈 가리고 아웅 했던 시대

"내가 판사 출신의 소송 전문 변호사요."

소송이라고 못할 건 없지만 사실 소송 전문은 아니었다. 마흔한 살의 젊은 혈기에 화가 나서 그렇게 내지른 것이다. 이야기는 이렇다. 우리가 평소 법률자문을 해주던 셰브론Chevron Corp.이라는 미국의 석유화학 기업이 있었다. 정유, 화학을 포함해 농약까지 만드는 기업이다. 그런데 한국의 한 농약회사가 셰브론 농약의 복제품을 만들어서 팔았다. 1980년경에는 자국 산업 보호 차원에서 자체 개발을 하면 정부 표창도 받고 동일 제품이 수입되면 관세를 두 배로 매기던 때였다. 이런 부분도 있고 한국 시장이 그렇게 크지도 않고 해서 눈감아줬는데 그 제품을 수출까지 해버린 것이다.

셰브론은 다른 로펌과 계약을 하고 소송을 진행하려 했다. 그런 중에 셰브론 부사장이 와서 당신 회사에는 소송 전문 변호사가 없기 때문에 다른 데랑 하게 되었다며 양해를 구한 것이다. 가만 듣다 보니 화가 났다. 그래서 갑작스럽게 소송 전문 변호사를 자처했다. 부사장은 내가 판사 출신이라고 말하자 마음을 바꾸어 우리 로펌에 이 건을 맡기기로 했다. 그러고 나서 전후 사정을 들어보니 꽤 고생을 하고 있었다. 이 건을 맡았던 로펌의 담당 변호사가 영어를 전혀 못해서 다른 변호사가 통역을 해줬다고 한다. 한 단계를 거쳐야 하니 의사소통이 느리고, 제대로 전달하고 전달받고 있는지조차 확실치 않으니 많이 답답했을 것이다.

사건을 들여다보니 만만한 소송이 아니었다. 당시에는 특허 침해를 당한 쪽에서 상대방이 우리와 동일한 방식으로 제품을 만들었다는 것을 증명해야 했다. 같은 방식으로 만들었다는 건 뻔히 알겠는데 공장을 볼 수 있는 것도 아니니 증거를 대기가 힘들었다. 느닷없이 화학 공부가 시작되었다. 농약이라는 게 결국은 화학약품이니까 어느 정도는 알아야 했다. 클라이언트에게 자료를 요구하고 묻고 또 묻기를 반복하다가 실마리를 찾아냈다. 그 한국 기업이 주장하는 방식으로 만들려면 특정 약물이 꼭 들어가야 하는데, 이것이 국내에서 생산되지 않는 독극물이어서 수입을 하려면 반드시 인증을 받아야 한다. 아니나 다를까, 그런 기록이 없었다. 그걸 가지고 법정으로 갔다.

"당신들 방법에는 이런 독극물이 들어가야 하는데, 틀림없죠?"

"틀림없습니다."

"그럼 그 약품을 어디서 샀어요?"

그제야 내 의도를 알아채고 상대가 깜짝 놀랐다. 수입한 적이 없으니까 거짓말이다. 이렇게 되어서 1심에서 이겼다. 너무 명백한 증거가 있으니 포기해야 하는데 그들은 항소를 했다.

2심에 갔더니 변호사가 바뀌었다. 변호사만 바뀐 게 아니라 농약을 만드는 화학식도 바뀌었다. 1심 변호사가 잘못 알고 있어서 그렇게 말했을 뿐이고 사실은 제3의 방식으로 만들었노라고 했다. 1심 재판은 하루 만에 끝난 게 아니다. 무려 1년 동안 진행된 소송이었다. 그들의 말이 사실이 되려면 1년 동안 변호사가 잘못 알고 있는 것을 회사 관계자들 중 누구도 몰랐어야 한다. 재판하는 내내 변호사가 잘못 알고 있는 사실을 말하는 순간마다 관계자들은 귀를 막고 있었어야 한다. 도무지 말이 되지 않는, 삼류소설에서도 써먹지 않을 논리를 가지고 온 것이다. 미국에서는 'natural justice', 즉 기본적 정의라고 해서 어제 거짓말을 한 사람의 말은 오늘도 믿어주지 않는다. 당연하다. 부장판사까지 했던 2심의 변호사는 "판사님, 저를 못

믿으시겠습니까. 저를 못 믿습니까"라고 항변했다. 딱하기도 하고 한심하기도 했다. 그런데 울림이 있었던 모양인지 그 변론에 감복한 판사가 그의 믿음에 답해주었다. 그 믿음의 결과로 우리는 2심에서 지고, 대법원에서도 졌다.

과거의 거짓말에 연연하지 않고 사람을 믿어주던 그 판사는 나의 친한 대학 동기다. 내가 법정에서 말도 안 된다고 방방 뛰니까 "왜 그렇게 열을 올리느냐"고 말했었다. 그러고는 나중에 말했다.

"야, 팔이 안으로 굽더라."

몇 년 전, 그 당시에 판결에서 개량improve된 방식으로 인용된 것이 후일에 대법원에서 개량된 것이 아니라고 확정되며 이 판결은 깨졌다. 그러나 안으로 굽는 팔은 여전히 이 친구의 치명적인 약점이다. 나는 지금도 그 친구를 만나면 "야, 팔이 안으로 굽지?" 하고 놀린다.

덕분에 우리나라 특허제도가 바뀌었다. 이전에는 목적물이 동일하더라도 프로세스만 다르면 특허를 침해하지 않은 것으로 간주했다. 특허 침해를 주장하려면 원고가 그것을 입증해야 했다. 그런데 우리나라 기업들이 자꾸 거짓말을 하니까 미국에서 압력을 넣었다. 정부에서 나를 은밀하게 불러서 미국사람들이 왜 저러냐고 물어보기도 했다. 결국 목적물이 동일하면 다른 방식으로 만들었다는 것을 피고가 입증해야 하는 것으로 바뀌었다.

　이렇게 되니까 농약회사, 제약회사들이 우리나라 기업 다 죽는다고 난리를 피웠다. 나는 졸지에 그들의 지탄을 받는 민족반역자가 되었다. 그때까지 제약회사에서는 남의 것을 잘 카피하는 사람이 잘나갔다. 법이 바뀐 후에는 연구하는 사람들로 회사를 채우고 열심히 연구개발을 한다. 요즘에는 국내 제약사가 다국적 제약기업에 기술을 수출해 엄청난 돈을 벌었다는 소식도 흔하다.

　그러고 보니 '눈 가리고 아웅' 했던 1970년대의 일이 또 하나 생각난다. 분야는 다르지만 어이없기는 마찬가지다. '퇴폐적인 서구문화의 악영향'인 장발과 미니스커트가 건전한 미풍양속을 어지럽히고 사람들에게 혐오감을 불러일으킨다는 것이었다. 그래서 장발과 미니스커트를 단속해야 한다는 지침이 내려왔고 판사회의가 소집되었다. 처벌하는 건 그렇다 치고, 판사가 판결을 하려면 기준이 있어야 한다. 장발과 미니스커트의 기준은 무엇인가? 당연히 이런 문제가 제기되었는데 미풍양속에 혜안이 있던 부장판사가 정의를 해주었다.

　"와이셔츠 깃에 머리카락이 닿으면 장발이다. 엎드렸을 때 팬티가 보이면 미니스커트다."

　그 말을 들으니 궁금한 게 생겼다. 나는 본래 호기심을 잘 참지 못한다.

"질문 있습니다."

"뭐야?"

"와이셔츠를 안 입은 사람은 어떡합니까? 그리고 여자가 속옷을 안 입었으면 또 어떡합니까?"

여기저기서 픽픽 새어 나오던 웃음이 일순간에 터졌고 판사회의는 말 그대로 개판이 되어버렸다. 그 후 좀 더 정밀한 정의가 만들어졌다. 장발은 '옆머리가 귀를 덮고 뒷머리가 옷깃에 닿거나 남녀 구분 불가능한 긴 머리, 파마나 여자 단발 모양 머리'로, 미니스커트는 '무릎 위 20cm'로 정의되었다. 눈 가리고 아웅 하던 시대의 일이다.

법조계의 일은 아니지만 여전히 '아웅'하는 작자들이 있다. 연구를 하기 싫으면 안 하면 그뿐인데 남의 것을 베끼면서까지 논문을 내는 자들이 있다. 대부분은 그냥 넘어가는데 이런 자들이 장관을 하겠다고, 국회의원을 하겠다고 나선다. 표절이라고 하면 거창해보이지만 남의 답안을 훔쳐보는 커닝cunning과 다를 바 없다. 문제가 불거지면 실수다, 기억에 없다고 하는데 내가 판사 시절 만나본 상습 절도범들도 똑같은 말을 했었다. 상습적이면 어디서 뭘 훔쳤는지 기억하지 못한다.

이 외에도 교통, 건설은 관광의 기본이 되는 인프라이니 그 인프라를 관리했던 국토부 출신이 관광공사 사장의 적임자라는 정부, 담당 업무였는데도 청문회 증인만 되면 기억상실증에 걸리는 공무원, 오랫동안 세금을 내지 않았지만 지금은 다 냈으니 문제가 없지 않느냐는 공직 후보자, 땅을 사랑한 사람, 아내가 한 일이라 모르는 사람 등등 부끄러운 줄 모르고 '아웅 아웅' 하는 사람들이 있다.

'남을 대하기에 떳떳한 도리나 얼굴' 체면이라는 단어의 사전적 의미다.

화해 먼저, 소송은 나중에

소송은 가능한 한 하지 않는 것이 좋고 했더라도 빨리 끝내는 게 좋다. 소송 몇 년이면 돈도 많이 들고 마음도 많이 힘들다. 그 끝에 승소한다고 해도 상대방을 이긴 것일 뿐 전체적인 자기 인생에서는 손해다. 이겨도 지고 져도 진다. 소송을 즐기는 몇몇 특수한 사람들을 빼면 인간적으로 갈등을 해결할 수 없을 때 법을 찾는다. 그러니 판사는 어떻게 법을 적용할지에만 골몰하지 말고 분쟁을 평화적으로 해결하는 방향으로 가야 한다. 그게 두 사람 모두에게 이익이기 때문이다. 물론 어느 한쪽이 무조건 끝까지 간다고 하면 도리 없다. 변호사도 다르지 않다. 돈 벌 생각으로 사건만 들어오면 "이길 수 있습니다. 소송합시다"라고 하기보다 일단은 화해를 권하는 방향으로 가야 한다.

나는 기업 고객을 전문으로 했기 때문에 개인 간의 소송을 많이 하지는 않았다. 그래도 주변에서 지인을 통해 내게 자문을 구하는 일은 많았다. 그중에는 '이혼 사건'도 있었다. 이혼재판이라는 게 특별한 결격 사유가 없는 이상 결혼을 지속하기 힘들기 때문에 하는 것일 텐데, 그 힘든 사연이라는 건 당사자인 두 사람만 아는 이야기다. 증인도 없고 증거도 없다. 누적된 생활 속 누적된 불만의 결과다. 그러니 남자 쪽 이야기를 들으면 여자가 천하의 몹쓸 여자이고, 여자 쪽 이야기를 들으면 남자가 세상에서 제일 나쁜 놈이다. 부모들은 자기 자식 말만 듣고 흥분하지만 알고 보면 저쪽 부모도 똑같이 화를 내고 있다. 그러다가 당사자는 빠지고 제3자들의 투쟁이 벌어지는 것이다.

한번은 친구가 딸 가진 아버지로서 나를 찾았다. 저쪽에서 재판하면 이긴다고 이혼 전문 변호사를 선임했다고 하는데 우리도 변호사를 선임해야 하는 거냐고, 어떻게 하면 이길 수 있느냐고 물었다.

"친구야, 네가 사돈한테 가서 잘못했다고 해라. 사과를 먼저 하고 이유가 어찌 됐든 같이 못 살 것 같으니까 조용히 끝냅시다, 이렇게 말해봐."

"그렇게 해도 될까? 저쪽이 지독한 사람들인데."

"내 말 믿고 해봐."

그러고 얼마 뒤 그 친구가 다시 나를 찾아왔다.

"네 말대로 했더니 저쪽 바깥사돈이 자기 아들 잘못 키워서 미안하다고 하더라. 잘 마무리됐어. 그런데 저쪽이 그렇게 나올 걸 어떻게 알았어?"

"그걸 내가 어떻게 알아. 해보고 안 되면 소송하면 되잖아."

사람 사이의 분쟁은 각자 원하는 것이 달라서 발생하는 자연스러운 일이다. 이것을 상대방이 나쁜 사람이라서 생긴 거라고 생각하면 해결이 어렵다. 내 경험은 물론 미국의 사례를 봐도 먼저 사과를 하면 대부분은 관대하게 받아들였다. 우리는 이혼이 상대방의 잘못 때문이라고 몰고 가지만 미국은 그냥 같이 살기 싫어서 이혼한다는 개념이다. 잘잘못을 따지지 않아도 되니까 합의가 쉽다.

우리가 잘잘못을 따지는 데 익숙하다면 미국인들은 절충점을 찾는 데 능숙하다는 걸 미국에서 생활할 때 느꼈다. 어릴 때부터 그런 교육을 한다. 예를 들어 아이들이 축구를 할 때 한 아이만 계속해서 골키퍼를 한다고 하자. 그 아이가 골키퍼 자리를 좋아하면 문제가 없지만 자기도 뛰어다니고 싶다면 어떻게 해야 하는가? 그럴 때 어른이 중재자로 나선다.

"쟤는 왜 골키퍼만 시키니?"

"잘 뛰지 못해서 골키퍼 외에는 못 시켜요."

"그래도 뛰고 싶어 하잖아. 10분은 뛰게 하고 나머지 30분은 골키퍼를 시키면 어떠냐?"

이렇게 절충점을 찾아가는 훈련을 어릴 때부터 하는 것이다.

내 친구가 하와이에 놀러 갔다가 놀라운 경험을 했다. 차를 렌트했는데 주차장에서 나오다가 다른 차를 받아버렸다. 찌그러진 차를 본 주인이 보험 관계만 처리하고 그냥 가더라고 했다. 우리나라에서는 '운전을 어떻게 하는 거냐. 눈을 어디다 달고 다니는 거냐' 등등의 말로 감정을 자극하는 경우를 흔히 볼 수 있다. 교통사고는 늘 있는 거니까 피해보상만 받으면 끝난다. 이혼을 포함한 모든 분쟁에서 절충점에 대한 합의와 화해가 중요하지 상대방이 나쁜 놈이고 내가 좋은 놈이라는 결론은 그다지 중요하지 않다. 변호사가 조금만 노력하면 이해당사자들을 합의와 화해의 길로 안내할 수 있다.

1심에서 이긴 사람에게 화해를 권한 적도 있다. 남자 쪽은 집안에 돈은 많지만 용모가 좀 떨어지는 편이고, 여자 쪽은 저쪽에 비하면 돈이 적지만 용모는 남자에 비할 바가 아니었다. 무슨 과정을 거쳐 이혼하는지는 본인들만 아는 거고 재판까지 오게 된 것은 위자료 때문이었다. 여자 쪽에서는 위자료를 좀 받아야겠고 남자 쪽에서는 못 주겠다는 거였다. 남자는 얼른 주고 끝내고 싶었지만 그 엄마가 못 주겠다고 해서 소송까

지 오게 된 것이다. 1심에서 굳이 이 글에서 밝힐 필요가 없는
여자 쪽의 과실을 밝혔고 아직까지는 법적 시어머니였던 분은
이겼다며 좋아했다.

애초 소송 당사자인 아들은 자기 일인데도 발언권을 거의
행사하지 못했다. 네 소송이니까 네가 알아서 하라고 해도 "저
는 엄마한테 말 못해요"라면서 뒤로 뺐다. 그래서 엄마를 불러
서 화해를 권했다.

"왜요? 변호사님 자신 없어요?"

"재판이라는 건 알 수 없죠. 저쪽 변호사가 아는 사람인데
몇 푼 주고 체면만 세워주면 끝내겠다니까 그렇게 하시죠."

"제가 변호사님한테는 보수를 얼마든지 드릴 수 있지만 저
쪽에는 한 푼도 못 줘요."

"그래요? 얼마나 주실 건데요?"

"얼마든지 드릴게요."

"주세요. 그중에서 얼마를 저쪽에 주고 화해를 할게요."

말도 안 된다는 표정으로 있기에 몇 마디 덧붙였다.

"생각해보세요. 아들이 아직 젊은데 재판으로 이혼했다고
소문이 나면 좋겠어요? 이왕 이혼하는 거면 합의 이혼했다고
하는 게 좋잖아요. 아들 재혼 안 시킬 거예요? 3, 4년 재판하면
재혼도 못 시키고 얼마나 힘들어요. 애비 죽인 원수도 아니고
둘이 싫다는데."

재혼 이야기를 하니까 그제야 마음을 돌렸다. 좀 억울하고 괘씸하지만 아들을 위해서 참는다, 그런 표정이었다.

"그래요? 그러면 좀 주죠, 뭐."

결국 그 집안으로서는 정말 몇 푼 안 되는 돈으로 화해를 하고 끝냈는데 나중에는 그런 변호사 처음 봤다고 좋아했다는 후문이다. 유명인한테도 비슷한 말을 들었다. 젊은 사람들은 잘 모를 수 있지만 1960~1980년대를 풍미했던 김지미라는 배우다. 1989년이었는데 '언제 김지미가 사무실에 온단다'고 했더니 모두들 그날을 기다렸던 기억이 있다. 당시 그녀는 지미 필름이라는 영화사를 운영하고 있었는데 〈마지막 황제〉라는 영화를 수입해 한 극장에 걸었다. 그때는 단관 개봉을 했다. 그런데 이 영화가 요즘 말로 대박을 치면서 극장 측과 입장료 수입 정산에 문제가 생겼다. 적당히 좋은 게 좋다는 식으로 하기에는 액수가 컸던 것이다.

쟁점이 된 부분은 극장 측과 지미필름 측이 영화 홍보 등에 썼다는 비용의 증명이었다. 영수증이나 서류가 있는 것도 아니고 쌍방이 확인한 것도 아니고 각자가 자기 가계부 적듯이 메모해놓은 게 전부였다.

"이런 서류만 가지고는 승소하기가 어렵습니다."

"미리 실력 있는 사람들한테 상담을 하니 다 된다고 하는데, 왜 황 변호사님만 안 된다고 하세요?"

"그러면 그쪽으로 가지 왜 저한테 오셨어요?"

하하 웃는 것으로 답을 대신하는 바람에 끝내 왜 나에게 왔는지 알지 못했다. 나중에 '참 이상한 변호사 다 봤다'는 식의 이야기를 했다고 전해 들었다. 어쨌거나 소송은 진행되었고 두어 차례 재판을 하다가 함께 판사를 했던 상대 변호사에게 화해를 제의했고, 수입의 50퍼센트를 받고 마무리되었다. 절반이었지만 상당한 액수였다. 영화계에서 '김지미, 대단하다'는 말이 무성했다고 한다. 그 극장주에게 돈 받기가 여간 어려운 일이 아닌데 받아냈다는 것이다.

한참 후에 정말 우연히 비행기에서 만났다. 무슨 영화제에 다녀오는 길이라는데 동행했던 영화계 사람들에게 '우리 고문변호사님'이라고 나를 소개했다. 집에 초대도 받았고 남편과 골프도 쳤으니 비공식적 고문변호사라고 해도 틀린 말은 아니지 싶다.

이렇게 화해로 끝내면 수임료가 안 생기거나 덜 생긴다. 그러나 내 이익을 위해서 사건을 처리한다면 변호사가 제대로 일하는 게 아니다. 당사자의 이익을 위해서, 당사자에게 좋은 일이면 수임료가 생기지 않더라도 해야 한다. 반대급부로 기대해서는 안 되지만, 내 경우를 보면 그렇게 좋게 해주면 다른 일이 있을 때에도 나를 찾았다. 당장은 내 변호사가 내 말대로 안 하고, 왠지 저쪽을 더 봐주는 것 같지만 끝나고 나면 기분이 좋으니까 신뢰가 생기는 것이다.

　사람들은 왜 변호사를 찾는가. 왜 변호사라는 직업이 필요한가. 일반인들이 법을 잘 모르기도 하지만, 법적 절차를 알려주고 준비하도록 하는 것이 변호사다. 예를 들어, 누구든 검찰에서 오라고 하면 겁부터 난다. 그러면 사건을 들어보고 말도 안 된다고 하면 거기에 따른 준비를 시키고, 뭔가 잘못한 게 있으면 인정할 건 인정해서 빨리 처리되도록 하는 게 변호사의 일이다. 그래서 나는 클라이언트에게 많이 물어보고 요구하는 것도 많다. 그 사건에 관한 한 당사자 이상으로 많이 알고 있어야 하고 그래야 그에게 이익이 되게 할 수 있기 때문이다.

법은 생활의 규칙이다

몇 년 전에 서강대에서 1년 동안 '법과 현대사회'라는 강의를 했다. 대학뿐 아니라 어디에서 법률 강의를 하든 '법이라고 하면 무엇이 연상됩니까?'라는 질문으로 시작한다. 그러면 대부분은 '악법도 법인가?'라는 질문으로 되돌려준다. 권위주의 시대를 거치면서 우리나라의 법은 국민들을 통제하는 수단으로 쓰인 것이 다반사였다. '악법'을 먼저 떠올리는 것도 어쩌면 당연한 일이다. 아울러 어렵고 복잡하다는 것도 법에 대한 일반의 인식이다. 어렵고 복잡한 데다 악법도 따라야 하니 법이란 가까이하지 않는 게 좋다는 생각도 있는 것 같다. 이런 잘못된 생각을 바꿔주기 위해 내 자랑을 시작했다

"여러분, 켄터키프라이드치킨KFC이랑 던킨도너츠 알죠?

제가 그걸 우리나라에 가져온 변호사입니다."

골치 아픈 수업을 들으러 왔다가 뜻밖에 '맛있는 이야기'를 들으면 눈이 반짝거린다.

"프랜차이즈는 뭘 의미하죠?"

"가맹점입니다."

"맞습니다. 프랜차이즈에서 가장 중요한 것은 품질의 동일성 보장입니다. 어느 지역에 가든지 똑같은 프라이드치킨을 먹을 수 있다는 것입니다. 그런데 이 KFC와 던킨도너츠를 한국에 들여올 때 지금 생각하면 어처구니없다고 생각되는 일이 있었어요."

KFC 측은 몇 가지 무리한 요구를 했다. 우선은 프라이드치킨의 원재료인 닭을 미국에서 수입하고자 했다. 한국 닭의 품질을 믿지 못하겠다고 했지만 수익을 더 높이고 싶은 의도도 있었을 것이다. 나는 통관 문제를 포함해 여러 가지 문제가 있어서 닭을 수입하는 것은 힘들다고 그들을 설득했다. 한국에서 실질적으로 이 사업을 진행할 기업과 법률적으로 조율하는 것도 내 업무였지만 국내 상황을 모르는 KFC에 한국의 상황을 알려줘야 했다.

KFC에서는 또한 '켄터키프라이드치킨'이라는 상호를 쓰는 한국의 통닭집을 대상으로 상표권 침해 소송을 걸겠다고 했다. 당시 통닭집은 죄다 '켄터키프라이드치킨'이라고 간판을 달았었는데, 조사를 해보니 서울 시내에만 2천 곳이 넘었다. 이 역시 내가 현실적으로 맞지 않는 이야기라고 해서 무마했다.

양념 레시피도 문제가 되었다. 튀길 때 쓰는 양념을 수입하려면 그 성분을 관세 당국에 신고해야 한다. 그런데 레시피는 영업비밀이다. KFC는 '절대로 공개하지 않겠다, 만약 한국 정부가 끝까지 공개를 요청하면 한국에는 진출하지 않겠다'는 강경한 입장이었다. 나는 아무 권한도 없이 간장, 소금, 후추 등 기타 조미료로 나만의 레시피를 만들어 관세 당국에 제출했다. 당시 서면 위주로 행정을 처리하던 관세당국에는 그 레시피 그대로 통과가 되었다.

던킨도너츠도 꽤 많은 말썽이 있었다. 그때나 지금이나 도넛 제조 후 3시간이 지나면 폐기하도록 되어 있었다. 하지만 한국 가맹점주들은 멀쩡한 도넛을 왜 버리냐며 3시간이 지난 후에도 팔았다. 그리고 여름에는 팥빙수도 팔았다. 두 가지 다 계약 위반이라고 지적하자 '우리는 모두 죽으라는 얘기냐'고 항의하면서 계속 팔았다. 우리나라에서는 아직 도넛을 일상적인 간식으로 먹기보다는 어쩌다 한 번 큰맘 먹고 사거나 선물용으로 구입하던 분위기라 만들어서 바로 먹고 바로 폐기할 수 있는 환경이 아니었는데, 시기적으로 너무 빨리 들어와서 생긴 해프닝이 아닌가 생각한다. 그 후 던킨도너츠는 철수했다가 한국 실정에 맞게 바꾸어 다시 들어와서 운영하고 있는 것으로 알고 있다.

이렇게 학생들이 좋아하는 브랜드와 음식의 이면에도 법이 존재함을 알려주면 자기들의 생활 속에 법이 들어와 있음을 알게 된다. 이 외에도 학생들이 사회에 나가서 집을 구할 때 필요한 임대차법도 많이 가르쳤다. 처벌하는 법이 아니라 생활을 편리하게 하는 법을 가르치려고 애썼다.

한 학기가 끝날 때는 A학점을 받은 학생들을 모두 불렀다. 내 수업을 잘 듣고 답안지를 잘 작성해준 데 대한 보답으로 우리 사무실을 구경시켜 주고 저녁에는 뷔페에서 포도주와 칵테일을 먹이면서 같이 놀았다. 그들 중에 특히 똑똑하고 수업도 잘 듣고 답안지도 잘 쓴 학생이 하나 있었다. 사법시험에 도전해보라고 권했는데 집안 사정이 어려워서 건설회사에 취직했다. 주례는 누군 해주고 누군 안 해주기 어려워서 되도록 하지 않았는데 이 친구가 교수님 아니면 안 된다고 해서 할 수 없이 주례를 섰다.

학생들하고도 잘 맞고 강의도 어렵지 않았는데 1년만 하고 그만두었다. 1년 동안 한 시간도 빠진 적이 없는데 그렇게 성실하게 하려니 외국에 나가기가 너무 힘들었다. 그리고 학생 건의가 자꾸 들어가는 것도 부담스러웠다. '나이 많은 황 교수도 강의 한 번 안 빼먹고 열심히 하시는데, 다른 교수들은 왜 그러냐?'는 학생들의 불만이 있었다고 했다.

내가 봐도 참, 교수들이 공부를 안 한다. 판사가 재판하는 법을 모르듯, 많은 교수들도 가르치는 방법에 대해 공부하지 않는 것 같다. 사실 법이라는 것이 원래 그렇게 어려운 게 아니다. 어렵게 가르치니까 어려운 것이다.

'복수 당사자의 반대 방향의 의사표시의 합치로써 이루어지는 법률행위.'

이게 무엇을 의미하는 것 같은가. '계약'을 이렇게 풀이한다. 첫 시간에 이렇게 가르쳤다면 그 자리에서 몇 명은 강의실 문을 박차고 나갔을지도 모르겠다. 물론 지금도 이렇게 가르치는 교수들이 있을 것이다.

남녀노소 구분 없이, 배운 사람이건 못 배운 사람이건 하루 종일 하고 다니는 것이 계약이다. 버스를 탄다고 하면 사인은 안 하지만 다음 목적지까지 태워준다는 운송계약을 맺은 것이다. 택시 타는 것도 그렇다. 손을 드는 것은 청약이고 태우면 운송계약이 완성된다. 택시 기사가 갑자기 내리라고 하면 계약 위반이 된다. 이렇게 가르치면 쉽다.

법은 규칙rule이다. 축구의 규칙처럼, 야구의 규칙처럼 사람이 살아가면서 지켜야 할 규칙이다. 진돗개 11마리와 셰퍼드 11마리가 축구 시합을 하면 어떻게 될까. 정답은 개판이다. 한마디로 인생을 사는 데 있어서 개판을 막기 위한 것이 법이다. 이걸 어기는 반칙은 늘 있지만 그들을 처벌하는 게 정부의 힘이다.

복지는 의무이자 권리이자 정의다

앞에서도 이야기했듯이 법은 규칙일 뿐 정의는 아니다. 우리는 여전히 법은 정의라고 가르치고 있고 자신들이 정의를 아는 양, 정의의 사도인 양, 정의의 심판자인 양 하는 판사들도 있지만 그렇지 않다. 미국에 판사 연수를 갔을 때 그쪽 판사들에게 정의가 무엇이냐고 물어봤더니 이런 답이 돌아왔다.

"우리가 어떻게 정의를 압니까. 그건 신만 압니다. 우리는 사법적 정의를 찾을 뿐입니다."

가난한 사람의 정의와 부자의 정의가 다르다. 여당의 정의와 야당의 정의가 다르다. 노인의 정의와 젊은이의 정의가 다르다. 각자 나한테 좋은 것, 나에게 유리한 것, 내 입맛에 맞는 것을 정의라고 한다. 이쪽과 저쪽의 정의가 다른데 어떻게 정의를 정의할 수 있겠는가.

사법적 정의를 찾는다는 답에 이어 질문 하나를 더 했다.

"미국인들은 판결을 잘 따릅니까?"

"잘 따릅니다. 판결을 따르기로 약속했으니까."

그때 많이 놀랐다. 그러고서 생각했다. 판사나 법조계 사람들은 신처럼 옳다, 그르다를 심판하는 존재가 아니라 분쟁을 조정하는 사람이다. 내가 미국 연수를 갔을 때가 1974년이었으니 40년이 넘었다. 그런데 우리 사회에는 여전히 판사의 판결로 정의가 판가름 난다고 생각하는 사람들이 많은 것 같다. 다 그런 것은 아니겠지만, 미국에서는 판결이 끝나면 분쟁도 마무리되는데 우리나라에서는 새로운 분쟁이 시작된다. 아마도 오랫동안 우리나라에서는 수사와 재판의 공정성에 문제가 많아 사법 선진국에 비해 법과 제도에 대한 신뢰도가 현격하게 낮아서가 아닌가 한다. 미국 법정에서 패소한 사람 중 억울한 사람이 하나도 없을까. 그럴 때 그들은 "따르기는 하지만 판결에는 동의하지 않는다"고 말한다. 우리는 "판결이 틀렸다"고 말한다. 그러니 분쟁이 끝나지 않는 것이다. 사법적 정의와 정의 그 자체를 혼동하는 데서 오는 문제가 아닌가 생각한다.

사법적 정의에 대해 좀 더 깊이 들어가보자. 사법적 정의에 대한 양대 이론이 있는데 자연법철학과 법실증주의가 그것이다. 자연법, 실증법이라고도 한다. 간단하게 말하면 자연법은 인권처럼 하늘에서 준 권리에 관한 것이고 실증법은 권력이 만들어 '이게 법이다'라고 정한 것이다. 자연법에서는 악법은 법이 아니지만 실증법에서는 악법도 법이다. 서구에서는 나치가 등장하는 바람에 자연법이 조금 우위에 있었다.

앞에서 한 얘기는 사법적 정의가 시대에 따라 달라져왔다는 점을 말하기 위한 것이다. 과거에는 하도 기본적인 인권이 지켜지지 않으니까 자유가 정의였다. 우리도 기본적인 수준은 어느 정도 완성했다고 본다. 지금 대두되는 것은 자유보다는 평등이다. 전에는 자유만 있으면 된다고 했는데 이제는 밥은 먹고살게 해줘야 한다는 쪽으로 정의의 개념이 옮겨왔다. 그래서 기본적 복지가 나오는 것이다. 선진국의 법철학에서 복지가 제일 중요하게 여겨지는 것도 같은 이유다. 자유가 없을 때는 그것이 지상 목표였지만 얻고 나면 잘 살지는 못해도 사는 것처럼 살아보자는 쪽으로 간다. 자연스러운 흐름이다. 우리 사회에서도 몇 십 년 전에는 복지라는 개념조차 없었다. 그러다가 지금은 여당이고 야당이고 모두 복지를 외치고 있지 않은가.

이럴 때 보수주의자들은 자연법으로 간다. 자유를 줬으니 먹고사는 건 알아서 해야 한다는 논리다. 국가에서 먹여주고 재워주고 입혀주면 누가 일을 하겠느냐, 노력해서 잘 살 생각은 하지 않고 공짜로 먹으려고 하면 나라꼴이 어떻게 되겠느냐고들 한다. 아직도 많은 사람들이 복지는 해도 되고 안 해도 되는 것으로 생각한다. 정부에 돈이 있으면 '해주는' 거고 아니면 그뿐이다. 복지는 시혜라고 여기는 것이다.

나는 자연법 쪽에 기울어 있고 자타가 인정하는 보수주의자이지만 기본적 복지 면에서는 좌파다. 따지고 보면 좌파라고 할 것도 없다. 기본적 복지는 시혜가 아니라 국민의 권리이고 국가의 의무이기 때문이다. 돈 있으면 하고 없으면 안 하는 게 아니고 반드시 해줘야 한다. 복지 쪽을 전문으로 하는 교수들에게도 "당신들 틀려먹었다. 자꾸 복지를 구걸하는 것처럼, 시혜처럼 생각하지 말고 권리로 생각하라"고 말한다. 이건 개인적 의견이 아니다.

"모든 국민은 인간다운 생활을 할 권리를 가진다."
"국가는 사회보장·사회복지의 증진에 노력할 의무를 진다."
"국가는 노인과 청소년의 복지향상을 위한 정책을 실시할 의무를 진다."

각각 헌법 제34조 1항, 2항, 4항이다. 정부에 돈이 있을 때만 의무가 생긴다는 내용은 여기에 없다. '인간다운 생활'에 대한 합의는 필요하지만 '일정 수준'까지는 권리다. 쪽방에서 살고, 겨울에 난방을 하지 못하고, 누군가의 선의에 기대 끼니를 해결하는 것은 절대로 '일정 수준'이 될 수 없다. 이런 주장을 하면 틀림없이 '나라에 돈이 없는데 어떻게 복지를 하느냐?'라고 주장하는 사람이 있다. 그러면 증세를 하든 뭘 하든 방법을 만들어내야 한다. 그 방법을 찾아내라고 대통령, 국회의원, 공무원에게 세금으로 월급을 주는 것이다. 정권을 달라고 했으면 그 정도 능력은 있어야 한다.

지금 우리 사회가 복지를 놓고 팽팽하게 대립하고 있는데, 가진 사람이 내놓을 수 있는 것을 먼저 내놓아야 한다. 못 가진 사람들은 내놓고 싶어도 내놓을 게 없다. 기부에 대해서도 몇 마디 덧붙이고 싶다. 간혹 입이 떡 벌어질 정도의 금액을 기부했다는 뉴스를 본다. 물론 한국은 아니고 주로 미국이다. 이런 뉴스가 나오면 한국의 부자들은 기부도 할 줄 모른다는 말이 따라붙는다. 물론 일정 부분 사실이다. 그런데 기부하기가 참 어렵다.

기부를 하려면 우선 재단법인을 만들어야 하는데 주무관청의 인가를 받아야 한다. 기부금에 대해서 면세를 받으려면 재정경제부의 실사를 통과해야 한다. 일정 금액 이상의 기부를 하면 증여로 간주되어서 증여세를 내야 한다. 기부의 절차는 간단하게 하고 이걸 악용할 때 처벌하면 되는데 실정은 그렇지 못하다. 좋은 마음을 내고서도 여러 복잡한 절차를 거쳐야 기부를 할 수 있다. 그래서 '더러워서 기부 안 한다'는 말이 나오는 것이다.

복지에 대해서도, 기부에 대해서도 우리나라 사람들은 체념을 먼저 하는 것 같다. 고쳐지지 않으면 계속 요구해야 하는데 '그렇지 뭐. 별수 없다' 하고서 받아들이고 사는 것 같기도 하다.

내가 생각하는 정의는 돈 있는 사람이 없는 사람을 도와주고, 없는 사람도 받는 걸 즐겁고 행복하게 생각하는 것인데, 지금 우리에게는 그런 정의가 없다. 판례에서도 그렇게 나온 것이 하나도 없다. 각자의 정의가 서로 다른 것을 알아야 합의점이 나올 텐데, 서로를 향해 틀렸다고만 하니 조화가 되지 않는다. 어디서 해법의 실마리를 찾아야 할지 나 역시 오리무중이다.

판사 황주명, 인간 황주명

'이때 한번 안 해보면 평생 후회할 것 같다. 한번 해보자. 판사라는 후광을 걷어내고 사회에 나가서 내 몸값을 한번 달아보자. 설마 망하기야 하겠나.'

이렇게 마음먹고 서른아홉 살에 12년 동안 달고 있던 판사라는 이름을 내려놓았다. 10년 넘게 다닌 직장을 그만두면서 고민하지 않는 사람이 있을까만 쉬운 결정이 아니었다. 법원을 떠나야겠다는 마음을 먹고서도 한 달을 혼자 고민했다. 막상 판사가 아닌 사람으로 서려니 두려웠다. 지금까지 사귀었던 사람들이 인간 황주명이 아니라 판사로 만난 것 같고 그만두면 모든 사람이 나를 만나주지도 않을 것 같았다. 완전히 고립될지도 모른다는 걱정도 있었다. 판사라는 이름을 떼고 보니 온 세상에 발가벗고 혼자 있는 느낌이었다. 한 달 동안 고민하면서 일하고, 일하면서 고민한 끝에 결론을 내리고 아버지께 여쭸다.

"네가 그리 마음먹었으면 해봐라."

의외로 흔쾌히 지지해주셨다. 아버지는 활동적이고 규율에 얽매이는 걸 싫어하는 내 성격을 아시고는 경제학과에 진학하라고 하신 적이 있다. 나에게 판사라는 직업이 답답한 줄은 아셨던 것 같다. 사회적으로 선망의 대상인 직업, 그 타이틀만으로 재벌가의 사위가 되기도 했던 직업에 회의를 느낀 것은 미국 연수 때였다.

1974년 7월, 서울형사법원 판사 신분으로 1년짜리 판사연수를 갔다. 같이 갔던 다른 판사, 검사들은 모두 부인을 데리고 가고 나만 혼자였다. 아내가 큰애를 사립학교에 입학시키고 뒤따라온다고 했을 때 순순히 그러라고 했다. 세금으로 가는 거니까 연수의 취지에 맞게 공부에 집중하겠다는 각오가 있었기 때문이다. 1년 동안 굉장히 열심히 공부했다. 영어 실력을 늘리려고 열 살 아래인 미국 법학생과 파트너로 공부하고, 아파트를 한 채 빌려서 같이 쓰면서 내게 전화할 미국 사람이 없을 때도 "Hello" 하고 받았다. 그 덕분에 같이 간 동료들에게 놀림감이 되었다.

10개월쯤 지났을 때 하버드에서 공부하고 있던 친구가 동양법을 전공하는 자기의 지도교수를 만나보라고 했다. 교수와 한 시간 정도 만나고 나서 자기가 만나본 한국 법조인 중에 가장 영어도 잘하고 솔직하며 말이 잘 통한다면서 같이 연구를 하자고 제안했다. 2개월만 있으면 한국으로 돌아가야 한다니까 자기가 다 알아서 할 테니 걱정하지 말라고 했다.

큰애도 입학했겠다, 좋은 기회가 왔으니 미국에서 좀 오래 공부할 생각을 했다. 초청장이 있어야 미국에 갈 수 있는 시절이었는데, 그것도 일사천리로 진행되었다. 그런데 한국 정부에서 아내의 비자를 발급해주지 않았다. 당시 박정희 정권이 판사를 제외한 공무원의 배우자는 일반적으로 해외 출국을 금지하고 있었는데, 그쯤에는 판검사의 배우자들까지도 출국이 금지되었다. 나름대로 대한민국 판사로서 열심히 일했는데 그걸 인정해주지도 않고 꼭 반정부 인사처럼 취급하는 것 같았다. 나를 도와주던 미국 국무성의 직원이 "판사 부인의 비자가 안 나올 정도인데 귀국해도 괜찮은가? 한국에 가면 신변이 위험하지 않겠느냐?"고 걱정했다.

그 일 이후로 그만두고 싶다는 생각을 구체적으로 했다. 연수 보내준 대가를 갚는 의무 기간 2년만 채우면 그만둘 수 있었다. 이 사건이 직접적인 계기였고 '누적된 계기'도 있었다.

연수 가서 미국 법원을 살펴봤는데 눈치를 보기는 하지만 사법부가 행정부로부터 독립되어 있었다. 너무 당연한 것인데 우리는 판사가 청와대에 파견을 나가 있었다. 청와대의 의뢰가 오기만 하면 앞뒤 가리지 않고 영장을 내주는 판사도 있었다. 자신들은 국가안보를 위해 일하고 있고 그에 반대하는 사람들은 모두 빨갱이로 몰았다. 그들은 승승장구 승진을 했고 그것을 부러워하는 분위기였다.

거기다 나는 사법파동 이후로 '판사조합장'이라는 별명도 가지고 있었다. 판사들에게 불리한 일이 생기면 나를 좋아하는 사람이든 싫어하는 사람이든 내 방에 몰려와 앞장서라고 등을 떠밀었다. 역시 이유는 '아버지가 변호사에 대법원장 친구니까 안전하다'는 것이었다. 내 성격에 앞으로도 무슨 일이 생기면 또 나설 것 같고 언제까지 아버지 덕에 안전할 수 있을 것 같지도 않았다.

여러 누적된 문제들과 법원이라는 조직의 답답함, 그리고 미국에서의 사건이 겹쳐서 고심 끝에 사표를 제출했다. 사표는 한 달 동안 수리되지 않았다. 후배들이 "선배가 못해먹겠다고 그러면 대한민국에서 판사 할 사람 누가 있느냐"고 기분 좋은 소리를 하며 항의했다. "당신이 그만두면 다른 사람은 어떻게 판사 하라고 그래. 당장 철회해"라고 야단치는 분도 계셨다. 내가 모셨던 대법관은 "난 우짜노? 황 판사가 다 해줬는데 나는 우짜노?"라고 하셨다.

사표는 냈다는데 이후 소식이 없으니 아버지가 어떻게 되어가고 있는지 물었다.

"사표 수리를 안 해주려고 그러는 것 같습니다. 대법원장님을 한 번 만나주시죠."

대법원장은 "황 판사는 나가는 게 장래를 위해 좋을 것 같다. 그 사람은 사법부가 좁다"고 말했다고 한다. 이후 대법원장이 사표를 쥐고 있던 고등법원장을 불러서 "황 판사 장래를 책임질 거냐?"고 해서 사표가 수리되었다.

아내는 변호사 남편을 위해 파리채를 사야겠다고 했다. 나중에 안 거지만 아내를 포함해 거의 대부분의 사람들이 판사 황주명은 잘나갈지 몰라도 변호사 황주명은 굶어 죽을 줄 알았다고 한다. 변호사를 하려면 자기를 낮추면서 다른 사람과 융화도 해야 하고 때로는 좀 굽실거리기도 해야 하는데 저렇게 강한 성격으로는 못할 거라고 생각했던 것이다. 사실이다. 융화는 모르겠고 굽실거리지도 않았고 나를 낮추지도 않았다. 내 성격대로 하다가 안 되면 안 되는 거고 되면 되는 거다. 무엇보다 로마시대 이래로 변호사가 굶어 죽었다는 건 정식 통계로 나온 게 없다는 말이 있다. 파리채가 필요할지언정 굶어 죽기야 하겠는가.

인권 변호사와 물권 변호사

법조계 사정을 좀 아는 사람들은 그때 내가 굶어 죽을 걱정을 한 것이 이해되지 않을 것이다. 당시 개업을 해서 좀 괜찮은 형사 사건을 수임하면 500만 원은 받았다. 교통사고 사건이 좀 싼 편이었는데 그게 200만 원 정도였다. 모든 피고가 돈이 많았던 게 아니라 형사사건의 피고가 되면 '땡빚'을 내서라도 변호사 비용을 마련했다. 그 무렵 강남의 땅값이 평당 4만 원대였다. 변호사 수가 부족할 때라 수요공급법칙에 따라 수임료가 높게 책정된 것이다. 다른 변호사들이 하던 대로 법원에서 나오는 형사사건으로 먹고살 거였다면 별로 걱정할 게 없다. 그런데 가방 들고 법원에 왔다갔다 하면서 구걸하듯 일하는 변호사는 되고 싶지 않았다.

판사를 그만두고 개업을 하면 우선 '안면 영업'이기 때문에 형사사건이 수임하기 쉽다. 내가 어떤 판사와 친하다, 같이 저녁을 먹었다고 하면 그 판사에게 배정된 사건이 나에게 오는 식인데, 이게 전관예우다. 나도 청탁을 많이 받았다. 특히 경기도지사와 맞먹는다고 할 정도로 요직이었던 서울형사지방법원 단독판사를 할 때는 큰 사건도 많이 들어왔고 그만큼 변호사들의 방문도 잦았다.

얼마 전까지 동료 판사였던 사람이 마치 지나가다 들른 것처럼 내 방에 들어온다. "차나 한 잔 하자"고 하는데 무슨 사건 때문에 왔는지 금방 안다. 차를 마시며 변죽을 울리다가 '은밀한 협박'을 한다.

"그 사건 석방 안 되면 나 앞으로 변호사 못 해."

안 된다고 하면 '너 그럴 줄 몰랐다'는 식으로 나오는데 참 힘들었다. 그렇게 해서 등 돌린 사람도 많다. 이건 인간이 할 짓이 아니다 싶었다. 그래서 미국에서 공부도 했겠다, 외국 로펌이 하는 것도 좀 봤겠다, 뭔가 새로운 것을 해보고 싶었다. 즉, 기업에 법률자문을 해주는 것이었다. 내가 기업 쪽으로 간다고 할 때 많은 변호사들이 그거 해가지고 밥이나 먹고살겠냐면서 웃었다. 그만큼 아무도 개척하지 않은, 검증되지 않은 시장이었다. 그러나 우리도 미국처럼 산업화가 진전되면 변호사의 역할이 바뀔 것이라는 걸 알았다.

마침 대한석유공사에서 제안이 와서 대한민국 1호 사내 변호사로 들어가 경험을 쌓을 수 있었다. 그때 법조계에 내가 돈을 엄청나게 받는다는 소문이 났다. 개업을 하면 큰돈을 벌 텐데, 기업으로 간 걸 보니 월급을 정말 많이 받는가 보다 했던 것이다. 심지어 내가 받던 월급의 100배까지 추정하는 사람도 있었다.

개업을 했을 때도 소송보다는 자문을 많이 했다. 외국에 투자할 때 어떤 허가를 받아야 하는지 상담해주고 외국 기업과 한국 기업의 합작에 대한 법률적 자문도 많이 했다. 영어가 되었기 때문에 그 덕도 많이 봤다. 변호사 동네에서는 내가 새로운 바람을 일으킨 거였다. 법원에서 오는 사건을 하지 않고 기업 변호사로도 얼마든지 먹고살 수 있다는 것을 보여주었다. 그리고 내 성격을 고치지 않아도 되었다. 클라이언트가 보기 편하게 의견서를 길게 써주는 한편 자료를 제대로 주지 않으면 호통도 쳤다. 그때는 기분 나빴겠지만 나중에 보면 자기보다 사안에 대해 더 많이 알고 있으니까 신뢰했고 다음에도 또 나를 찾았다.

미국 연수는 여러모로 중요한 분기점이었다. 판사를 그만 두는 직접적인 계기가 되었고 기업 변호사라는 새로운 영역으로 눈을 돌리게 했다. 미국의 법정을 보는 기회도 얻었다. 그리고 연수를 가지 않았다면 기업 변호사가 아니라 인권 변호사가 되었을지도 모른다. 연수를 떠날 무렵 국내 정치 상황에 대한 울분이 쌓여가고 있었다. 당시 많은 변호사들이 울분 끝에 인권 변호사로 변신하던 시기였다. 나도 한국에만 있다가 판사를 그만뒀으면 그쪽 길로 갔을 확률이 높다. 그런데 미국에 가서 보니 개인적인 생각이 더 많아졌다.

'내가 나설 게 뭐 있나. 변호사든 교수든 하면서 우리 가족하고 편안하게 살았으면 좋겠다.'

먼 나라에서 한숨 돌리게 되면서 소시민이 된 것이다. 그렇게 해서 법률 지식으로 기업을 도와주는 '물권物權*변호사'가 되었다. 홍성우 변호사, 황인철 변호사, 고영구 변호사 등 인권 변호사로 유명한 분들과는 판사 때부터 친했다. 같이 원장에게 대들기도 하고 사법파동 때도 함께했다. 가끔 만나는데, 비용이야 물권이 내는 거고 만나기만 하면 내내 배꼽을 잡는다. 그분들 중에 누가 그랬다.

"우리는 인권이고 너는 물권 변호사다. 너처럼 미국 갔으면 나도 물권 되는 건데."

그러면서 같이 웃는다. 홍성우 변호사가 영산학원이 수여하는 영산법률문화상을 수상했을 때 수상식에 '물권'으로는 나

• 재화財貨를 직접 지배하고 이용하는 재산 관계의 권리로 점유권, 소유권, 지상권, 전세권, 유치권, 저당권 등이 있다.

혼자 갔다.

"오랜만에 물권 만나니까 어때요?"

"쓸데없는 소리 하지 마."

지난번 후두암 수술을 받은 적도 있고 해서 여러 가지 의미를 담아 안부를 물으면 "나는 괜찮아. 안 먹고 덜 먹고 그러면 돼"라고 한다. 엉뚱하게 그의 건강을 걱정하던 사람들이 먼저 갔다. 마음이 편한 게 장수의 원인일까 싶기도 하다. 또 한편으로 나도 그때 개업을 해서 남들 하듯이 했으면 돈만 많이 벌어놓고 대신 일찍 죽었을지도 모른다는 생각도 든다. 내 성질대로 살지 못하는 스트레스로.

변호사의 성공 비결

사내 변호사로 3년을 근무한 뒤 후배 변호사와 개업을 했다. 딱 1년 뒤에 다른 로펌에서 합병 제안이 왔다. 그 로펌은 우리나라에서 외국 기업 쪽을 제일 먼저 개척한 김홍한 변호사가 일하는 곳으로 그와는 상대방 변호사로 처음 만났다. 국내기업과 외국 기업의 합작 건에서 나는 국내 기업의 사내 변호사였고 김 변호사는 외국 기업의 변호사였다. 여러 가지 일을 같이 하면서 나를 눈여겨보았는지 로펌에서 함께 일하던 자신의 동서에게 내 이야기를 한 모양이었다. 그 동서는 바로 내 고등학교와 대학교 2년 선배로 내가 상당히 존경하는 김의재 변호사였다. 선배는 김 변호사의 말을 듣고는 "내 후배인데 대단한 친구다. 같이 일했으면 좋겠다"고 말했다고 한다. 내가 개업한 줄 모르고 있다가 1년 후에야 같이 하자고 제안한 것이다.

큰 고민 없이 제안을 받아들였다. 주로 외국 기업과 일하는 곳이니 많이 배울 수 있고 규모도 크니까 내가 갖고 있는 보따리와 합치면 더 큰 보따리가 될 것이라고 생각했다. 저쪽도 아직 내가 보따리는 작지만 영어도 웬만큼 하고 일도 잘하니까 데려다 키우면 남는 장사라고 여겼을 것이다. 서로에게 좋은 거래였는데 절친한 내 지인들은 한 걱정을 했다. 김홍한, 김의재 변호사 두 사람이 실력도 대단하고 일도 독하게 하는데 다른 사람이 열심히 하지 않거나 빈틈을 보이면 가혹하게 질책을 한다는 것이다. 그래서 다들 얼마 버티지 못하고 그만두었다고 했다. 나도 보통 성격이 아니니까 얼마 가지 않아 충돌이 생길 거라고들 했다. 하지만 1981년 4월에 조인해서 1993년에 나올 때까지 불성실하거나 빈틈을 보여서 생긴 충돌은 없었다.

합치고 나서 서로의 보따리를 풀어놓고 보니 상호 간에 오해가 있었다. 그들의 보따리는 내가 기대했던 것보다 작았고 내 보따리는 그들의 예측보다 컸다. 무슨 수로 1년 만에 이렇게 키웠느냐고 했는데 변호사의 '무슨 수'라는 게 별거 없다. 너무나 많은 사람들이 '진짜' 변호사에 굶주리고 있었다. 말끝마다 수임료 이야기하는 변호사 말고, 만날 때마다 자기 사건을 처음 보는 듯하는 변호사 말고, 진짜 신나는 서비스를 해주는 변호사를 기다리고 있었다. 지금도 별로 달라지지 않았다. 그때 내가 기업 실무자들에게 자주 들었던 말이 이거였다.

"판사는 잘했다고 하는데, 성질이 고약하다는 소문을 들었다. 그런데 막상 일을 맡겨보니 시원시원하다. 안 되는 건 안 되고, 되는 건 되고. 이야기를 해보니 아이디어도 많고."

합병된 후에도 별 차이 없는 방식으로 일했다. 본래 그 로 펌은 외국 기업이 한국 기업과 합작할 수 있도록 돕는 일까지만 하고 그 후에 벌어지는 '자잘하고 골치 아픈 일'은 받지 않으려고 했다. 외국 기업은 자기네 제품을 한국에서 직접 생산해서 팔면 잘될 거라고 봤고 한국 기업은 자본과 기술이 없었다. 지금 우리나라 기업이 중국이나 동남아시아로 진출하는 것과 비슷하다고 생각하면 된다. 그 사이에서 법률 서비스를 하는 게 우리 일이었다. 합작회사 설립까지는 챙겨야 할 건 많아도 골치 아픈 일은 없다. 문제는 계약서에 사인을 하고 난 다음에 발생한다.

예를 들어, 이런 일이 있었다. 미국의 한 제약회사가 우리를 통해 한국의 제약회사와 합작법인을 설립했다. 덕분에 한국 기업은 부도 위기에서 벗어났고 미국 기업은 한국에서 사업을 확장할 수 있는 발판을 마련했다. 그런데 막상 외국 기업이 들어와서 자세히 들여다보니 한국제품이 말이 아니었다. 임신중절이 되는 부작용을 가진 약을 사후피임약이라고 팔고 있었다.

그 약이 가진 본래의 효과는 숨기고 부작용을 작용인 것처럼 해서 내놓고 있었던 것이다. 미국 기준으로 보면 그건 제품이 아니었다. 그래서 기존의 제품을 다 죽이고 새 제품을 팔겠다고 했다.

이것을 계기로 잠복되어 있던 불만이 폭발하면서 경영권 다툼으로 번졌다. 급한 불이 꺼지고 나니 본전 생각이 나기도 했을 것이다. 원래 계약상에는 경영은 미국인이 하게 되어 있었다. 그러나 계약은 계약일 뿐 '내가 어떻게 만든 회사인데 이걸 다 맡기느냐. 우리 회사가 소유한 땅값만 해도 얼마인데, 싸게 투자했지 않았느냐'라는 식으로 나왔다.

계약이라는 건 시작하기 위한 조건이기도 하지만 시작 이후에 있을지 모를 분쟁을 막기 위한 것이다. 그런데 법치가 확립되지 않았던 당시 한국 사람들은 계약서에 사인을 하고 나면 싸움이 났다. 그런 경우를 정말 많이 봤다. 계약은 계약이고 어떻게 인간적으로 그럴 수 있느냐고 나온다. 급한 불을 끄고 나면 트집을 잡아서 계약서에 없는 권리를 확보하려는 것이다.

이런 일에 대해서 기존 두 파트너는 새로운 외국 회사가 한국에 투자할 수 있게 도움을 주는 역할까지만 해주면 된다는 쪽이었고 나는 우리가 책임을 지고 한국 진출 후의 문제들까지 끝까지 해결해줘야 한다는 쪽이었다. 해결을 한다는 게 소송까지 가는 게 아니고 대부분은 계약대로 이행하라고 야단치고 싸우는 것이다.

"계약서에 경영을 저쪽에서 하는 걸로 되어 있는데 이러면 어떡합니까?"

"우리는 이렇게까지 하는 건 줄 몰랐습니다."

"그게 말이 됩니까?"

"말이 되고 안 되고를 떠나서 이거 인간적으로 너무한 건 아닙니까. 경영권 넘겨주고 우리 제품 없애고, 그러고 나면 우리한테 뭐가 남습니까."

"정 그러면 계약 깹시다."

계약 파기까지 가면 '아니, 그건 아니고'라면서 발을 뺀다. 이렇게 영어를 쓰는 사람과 한국어를 쓰는 사람 사이의 통역도 하고 화해도 권하는, 일종의 '애프터서비스A/S'를 많이 했다. 어떤 조직이든 일을 많이 하는 사람의 역할이 커지기 마련이다. 클라이언트들은 A/S까지 해주는 변호사를 찾았고 점점 내 폭이 넓어졌다. 그리고 어느 순간에는 내가 사무실에 제일 많이 기여하고 있었다. 그러다가 1991년에는 내 뒤로 들어온 젊은 변호사들이 건의해서 내가 대표를 맡았다.

대표변호사가 되는 것도, 영향력이 커지는 것도 별로 관심이 없었다. 그러나 원래 자기들이 갖고 있던 걸 빼앗기는 사람은 입장이 달랐을 것이다. 이 무렵부터 나는 모르는 금이 가고 있었던 것 같다. 공교롭게도 그 무렵에 파트너 변호사의 사위가 로펌에 들어왔다. 이미 변호사만 15명이 넘는 대형 로펌에 사위라고 들어오는 게 말이 안 된다고 젊은 변호사들의 불만이 많았다. 여차저차 해서 몇 가지 조건을 붙여 들어왔는데 약속이 지켜지지 않았다. 이후 이만저만한 사건들이 누적되면서 1993년에 결별하기로 했다.

본래 합의하기로는 내 팀만 데리고 나오기로 했는데 11명이 나를 따라왔다. 내 나이 55살에 갑자기 대형 로펌을 설립하게 된 것이다. 같이 나왔던 변호사들이 들으면 섭섭할지 몰라도 계획대로 내 팀만 데리고 나왔으면 편했을 것이다. 맡은 일에 비해 변호사가 많았다. 열심히 벌어서 변호사들 월급 주고 임대료 내고 나면 남는 게 없었다. 모자라는 때는 은행당좌수표도 쓰고 개인 돈을 회사 계좌에 넣기도 했다. 그렇게 정확한 회계도 없이 구멍가게처럼 운영을 했다. 5년 정도 고생을 한 후에야 본 궤도에 올라서서 발전하기 시작했고 오늘에 이르렀다.

참 희한한 것이 55살에 시작하면서 실패한다는 건 꿈에도 생각하지 않았다. 조금 미친 놈 아니었나 하는 생각마저 든다. 그때는 상당히 어렵다고 생각했는데, 지금 생각해보면 어렵지도 않았다. 내가 자신감이 많다. 비행기가 떨어져도 나만 살 것 같은, 이상한 자신감 같은 게 있다.

예나 지금이나 비결은 한결같다. 로빈슨 크루소가 아닌 이상 남의 일을 맡아서 먹고사는 거니까 맡은 이상 최선을 다해야 한다는 마음가짐을 갖는 것이다. 진짜 열심히 했고, 잘했다. 소송을 맡으면 기록을 다 외웠다. 당사자보다 내가 더 많이 알고, 관련된 사람 이름까지 달달 외웠다. 그때 나한테 혼난 클라이언트도 많다.

"그 이야기를 왜 안 했어요? 소송 제대로 하려는 거요? 자료 가져와요!"

화도 내고 혼도 내고 하니까 처음에는 뭐 저런 게 있나 하는 표정이다가 나중에는 좋아했다. 열심히 해줘서, 자기 일처럼 해줘서 너무 고맙다고 했다. 변호사로서 성공하기 위해 이것보다 확실한 비결이 있을까 싶다.

변호사는 지옥에 간다

사법고시에 합격하기만 하면 인생이 달라지던 때가 있었다. 지금은 물론 흘러간 옛 노래가 되었다. 내가 사내 변호사로 대기업에 갈 때의 직책이 상무였다. 사내 서열 8위였는데 지금은 사내 변호사에게 대리도 안 준다고 한다. 왜 이렇게 되었을까? 직접적인 원인은 법조인의 숫자가 늘어난 것이다. 왜 늘어났을까?

법조인들의 의식구조 때문이다. 법조인이 하는 일은 법률을 위반한 사람을 처벌하고 법을 위반하지 않았는데 누명을 쓴 사람의 권리를 보호해주는 것이다. 그런데 우리 법조인들이 인간적인 맛이 하나도 없다. 따뜻함도 없다. 법정에서 자기 말을 좀 해보려고 며칠을 준비하고 별렀는데 판사는 "다 알아요.

바쁘니까 정 할 말 있거든 써내요"라고 한다. 그러면 인간적인 모멸감을 느낀다. 평생에 한 번 서는 법정에서 그런 꼴을 당하고 나온 사람들이 쌔고 쌨다. 변호사는 법률 서비스를 받으러 온 사람을 꿔다놓은 보릿자루 취급을 하면서 말끝마다 돈을 내놓으라고 한다. '합법적이며 불친절한 사기'에 치를 떤 사람들이 한 트럭이다. 꼴 보기는 싫지만 법조인을 없앨 수는 없다. 그래서 물리적인 방법으로 숫자를 늘려서 경쟁하게끔 만든 것이다.

'엘리트 의식을 가지고 젠체하고 우리를 인간적으로 대접하지 않았으니 어디 혼 좀 나봐라.'

숫자를 늘린다고 할 때 반대하는 사람은 법조인 말고는 아무도 없었다. 모두들 잘됐다며 박수를 쳤다. 결론적으로 법조인이 예전보다 어려워진 것은 국민의 반감을 샀기 때문이다. 어떤 한 계급이 특수를 누리는 건 길게 가지 못한다. 누리는 게 많은 만큼 사회에 기여를 했어야 하는데 판검사로 권력을 누린 다음에는 변호사로서 부를 누릴 생각만 했다.

법조인에 대한 반감은 서양에서도 비슷한지 변호사를 희화화하는 우스갯소리가 많다. 한 변호사가 나이 마흔에 사망했다. 그는 저승에 가서 '이제 마흔밖에 안 됐는데 왜 나를 죽게 했느냐?'고 따졌다. 그러자 염라대왕 혹은 하나님이 장부를 꺼내들었다.

"그동안 일한 시간billable hour을 전부 합하면 백 살은 넘었는데?"

그러자 변호사가 아무 이야기를 못 했다고 한다. 서양에서는 한 건당 얼마가 아니라 그 사건에 투입한 시간만큼 비용을 청구한다. 마흔 살밖에 안 된 사람이 장부상 백 살이 넘었다는 것은 부당하게 청구한 비용이 많다는 것이다.

천국과 지옥 사이의 소송도 유명한 농담이다. 어쩌다가 두 세계 사이에 소송이 일어나게 되었는데 재판 결과 천국이 패하고 지옥이 승소했다. 그 이유는 무얼까? 천국에는 변호사가 없었기 때문이다. 이처럼 일반인들에게 변호사들은 법률 지식을 이용해 부당한 특권을 누리는 사람들로 인식되고 있다.

변호사들은 스스로를 공익의 대변자라고 한다. 그런데 과연 공익을 대변하는가? 나 역시 자유롭지 못하다. 재벌과 거대한 다국적 기업의 변호사 노릇은 해봤지만 비바람 몰아치는 현실에서 나의 힘을 필요로 하는 피해 계층을 위해 피가 끓는 변호를 해본 일이 없다. 무척 아쉽다. 그러나 지금 여러 로펌에서 하는 것처럼 권력층, 재력가들과 이해충돌이 생기지 않는 외국인이나 장애인에 대한 봉사를 하면서 죄를 씻으려 하거나 연탄 배달을 하면서 무슨 대단한 봉사라도 하는 양 쇼를 하기는 숙기보다 싫다.

몇 년 전 대법관 퇴직 후 공직을 마다하고 부인과 같이 편의점을 한다고 온 국민의 존경을 받은 분이 갑자기 큰 로펌에 들어가 재벌의 변호를 맡았던 일이 있었다. 하필 그 사람이 내 고교, 대학 후배였다. 여기저기 모임에서 그를 들먹이면서 법조인이 거기서 거기지 별다르겠냐는 말을 들을 때 참 창피했다.

일반인들의 시선과 상관없이, 그의 논리는 간단하다. 법률상 아무 문제가 없다는 것이다. 법을 어기지 않았으니 처벌을 받지 않는다. 그러나 윤리도덕과 국민의 정서가 그걸 받아들이지 않는다. 법조인은 이것을 알아야 한다. 법적으로는 무죄이지만 도덕적으로는 유죄다. 어디 법조인뿐일까. 공직자 청문회에서 하는 답변들을 보면 소위 사회지도층이라는 사람들의 정신상태도 법조인의 그것과 별로 다르지 않다.

오래된 이야기지만 우리나라에서는 '변호사는 변(똥)이다'라는 자조의 말이 있다. 늦게 나오는 놈이 먼저 나온 놈을 누른다는 뜻이다. 오래전에 돌아가신 선배 변호사님이 해주신 말씀인데 그 당시는 잘 이해를 못했지만 현재에 이르러 법조계의 바람직하지 못한 행태를 볼 때는 이해가 가기도 한다.

"우리는 고랭지배추 농사꾼보다 못하다. 고랭지배추는 망하면 정부에서 돈을 주는데 변호사는 굶어 죽어 봤자 안 도와준다"라면서 웃으면 사람들이 따라서 씩 웃는다. 말은 안 해도 속으로는 고소하다고 생각하는 것이다. 그런데 법조인들은 이런 상황을 모른다. 나 혼자만의 생각인지 모르지만 예전에는 돈으로 따질 수 없는 프라이드가 있었다. 그러나 지금은 프라이드가 있던 자리에 돈이 있다.

일전에 대법관 출신이 몇 년 안 되는 기간에 수임료로 수십억 원을 벌었다는 것이 문제가 되었다. 국민들은 도저히 납득이 안 되는데 당사자는 당당하다. 사람들은 그 모습에 더 기가 막혔지만 당사자는 그런 시선이 오히려 답답했을 것이다. 그 사람이 특별한 게 아니라 법조계의 일반적인 인식이 그렇다.

'현직에 있을 때 청렴하게, 열심히 했다. 이제 나왔으니 경제적 보상을 받아야겠다. 뭐가 문제인가.'

20억, 30억이 많다고 생각하지 않는다. 대법관 했으면 그 정도는 벌어야 한다는 게 일반적이다. 그러니 현직에 있을 때는 그럴 수 없는 인격자였다가, 변호사만 되면 형편없는 놈이 되어버리는 것이다. 판사일 때는 으스대고, 변호사가 되면 허리를 굽힌다. 장·차관 할 때는 으스대다가 브로커가 되고서는 허리를 굽힌다. 그러면 안 된다. 그런 태세 전환은 사람이 할 짓이 아니다. 그런 게 싫었다. 그렇게 치사하게 살고 싶지 않아서 기업 쪽으로 눈을 돌렸다.

변호사 선임은 형사 사건에서 조사가 시작되었을 때 하는 것이다. 수사 과정부터 자신에게 불리하지 않도록 변호사의 조력을 받는 게 상식이다. 그런데 지금은 검찰이 재판에 기소한 후 주심판사가 결정된 다음에야 변호사를 찾는 것이 상식이 되었다. 후배 판사들은 전관예우가 없다고 하지만 일반 형사사건을 위임하는 당사자는 개인이든 회사든 다 있다고 생각한다. 그래서 주심판사와 친한 변호사를 찾아다닌다. 이른바 '전관쇼핑'이다. 심지어 외국인들까지 와서 '이런 사건인데, 그 사람하고 친하냐?'고 묻는 지경이다. 만일 전관예우가 없다면 사법부가 반대논리를 주장하고 증명할 방법을 찾아야 하는데 그냥 없다고만 한다. 국민의 70퍼센트와 대한변호사회 회원 80퍼센트가 '전관예우가 있다'고 생각한다는 설문조사 결과가 나왔다는데 발표는 하지 않은 것으로 안다.

판사에게 인간적인 모멸감을 느낀 사람들이 모멸감 대신 속 시원하게 하고 싶은 말을 다 하고, 한풀이를 다 하고 나왔다면 어땠을까? 억울해서 변호사를 찾은 사람들이 따뜻하고 화끈한 법률 서비스를 받았다면 어땠을까? 사법 역사가 시작된 이래 그런 사람들이 쌓였다면 어땠을까 생각해본다. 퇴임한 뒤 학교로 가서 학생들을 가르치거나 약자들을 위해 일하는 전직 대법관이 많았다면 또 어땠을까 생각해본다.

'아무리 그래도 법조인들 덕을 많이 봤는데, 숫자를 늘려서 형편없이 만드는 거는 좀 그렇다.'

이런 반응을 생각하는 건 지나친 상상일까. 법조계 사람들이 엘리트 의식과 보상심리를 버리고, 자기 몫만 키울 생각도 버리고 법률로 국민을 돕는다는 본연의 의무로 돌아간다면 불가능한 일도 아닐 것 같다. 그럴 생각이 있는 사람이 별로 없어 보이긴 하지만.

올해, 1990년대 중반에 했던 설문조사를 다시 해볼까 한다. 일반인, 송사에서 이긴 사람, 송사에서 진 사람을 구분해서 변호사에게 어떤 서비스를 원하고 무엇을 개선하면 좋겠는지 물어보려는 것이다. 또 상설 세미나 같은 걸 운영해서 누구나 와서 배우고 우리 회사 임직원도 배우려고 한다. 그리고 변호사와 일반인들이 가까워지는 프로젝트를 해보려고 한다. 아직은 우리 사무실에 한정된 것이고 이게 얼마나 파급력이 있을지 모르지만 할 수 있는 건 해보려고 한다. 거창한 건 아니지만 내 몫을 하려면 이런 거라도 해야 하지 않을까 싶다.

기본으로 돌아가야 살아남는 시대

법률과 관련된 해외 콘퍼런스에서 강연자가 한국 로펌의 실명을 거론하며 비판했다. 내용은 이렇다. 애틀랜타의 한 변호사가 수임한 사건에서 대리인으로 한국의 한 로펌을 선정하고 소송을 진행했다. 그런데 얼마 뒤 사건을 맡긴 회사가 애틀랜타의 변호사에게 길길이 뛰며 화를 냈다. 한국의 로펌이 소송 상대방에게서도 사건을 수임해 일을 하고 있었던 것이다. 하나의 로펌이 소송 당사자 쌍방을 변호하는 황당한 상황이 된 것이다. 한국의 로펌이 이쪽 회사에 보내야 할 메일을 저쪽으로 잘못 보내는 바람에 사건의 전모가 드러났다. 강연이 끝나자마자 참석한 변호사들이 나에게 몰려와서 "한국에서는 이런 일이 관례냐?"라고 물었다.

2014년 10월 도쿄에서 아시아의 투자유망지역에 대한 세미나가 열렸다. 그때 미국의 투자은행의 이사가 한국에는 절대 투자하지 말라는 이야기를 했다. 그 이유는 한국에는 하나의 로펌이 기업 인수합병M&A의 양쪽을 모두 대리하는 일이 있기 때문이라고 했다. 역시 세미나가 끝나자 '정말 이런 일이 있냐?'라는 질문 공세를 받았다. 불행히도 사실이라고 말할 수밖에 없었다. 내가 하지도 않은 일 때문에 그렇게 창피하기는 처음이었다. 이 같은 한국 법조계의 야만적 관례는 선진국에서는 도무지 상상할 수 없는 일이다. 벌써 10년 전부터 한국 로펌은 이해충돌conflict of interest 방지 원칙을 잘 안 지킨다는데 사실이냐는 질문을 받고 있다. 그럴 때마다 좀 창피하지만 그런 케이스가 있을 수도 있겠다는 대답으로 얼버무리고 넘어갔다. 외국의 변호사들이 한국 법조계를 어떻게 생각할지, 참 한심스럽다.

　한심한, 그래서 내 얼굴을 뜨겁게 했던 사례는 또 있다. 역시 해외 콘퍼런스에 갔을 때였다. 멕시코에서 온 변호사가 내게 와서 이상한 질문을 했다.

　"당신은 왜 계속 여기 있나요?"

　콘퍼런스에 갔으니 그 자리에 있는 게 당연하다. 무슨 말인지 몰라서 왜 그러냐 물었더니 대답이 참, 기가 막혔다.

　"내가 다른 콘퍼런스에 가보면 한국 변호사들은 전부 다 골프 치러 가고 놀러 가고 그러던데 황 변호사는 참 이상하네요."

이게 한국 법조계의 실정이었다. 고시 합격 때까지는 열심히 공부하던 사람이 공식적인 법조인이 된 후에는 더 이상 노력하지 않는다. 수요자 중심이 아니라 공급자 중심의 시장에서 경쟁도 없이 잘 먹고 잘 살 수 있으니 애쓸 필요가 없었다. 경쟁이 없다 보니 발전이 없었다.

요즘 법조인의 수가 많아지면서 변호사 자격을 쉽게 따니까 실력이 없다는 말들을 한다. 고생해서 공부하고 몇백 대 일의 경쟁을 뚫어야 하는데 로스쿨만 나오면 자격을 주니까 실력이 떨어진다는 것이다. 맞는 말일지도 모른다. 판검사 경험 없이 바로 변호사가 되었으니까 실력이 없을 수 있다. 그러나 지금은 경쟁을 해야 하는 시대다. 고시 합격만 하면 인생이 보장되었던 시대가 가고 '변호사가 되었으니 이제부터 시작'인 시대가 왔다. 그러니 연구를 하지 않으면 도태된다.

나는 변호사 수를 늘려서 변호사들끼리 경쟁하는 것에 찬성한다. 힘들어졌지만 발전을 위해서는 경쟁하는 것이 낫다. 여전히 흘러간 옛 노래를 부르길 바라는 사람들이 많지만 변화는 이미 시작되었다. 지금이 법조계가 바뀌는 시작점이 아닌가 생각된다.

벌써 긍정적인 변화가 나타나고 있다. 노동, 환경, 장애인, 다문화가정 등은 법률서비스 면에서에서 소외되어 왔다. 형사사건 한두 건이면 돈 버는데 굳이 골치 아픈 사건을 맡을 필요가 있느냐는 식이었다. 그런데 경쟁이 심해지니까 새로운 시장을 개척하고 있다. 사실 새로운 시장이 아니라 예전부터 법조인의 서비스가 필요한 곳이었다. 이렇게 법이 필요한 곳을 발굴하는 후배 변호사들이 많다. 돈은 별로 안 되지만 변호사로서의 본분을 다한다는 측면에서, 그런 후배들을 보면 상당히 마음이 기쁘다.

이제 법조계가 기본으로 돌아갈 때가 되었다. 기본으로 돌아가야 살아남는 시대가 왔다. 법조인의 기본이란 법률적으로 도움이 필요한 사람을 도와준다는 마음으로 모든 것을 의뢰인 입장에서 보는 것이다. 수임료만 받으면 된다고 생각하지 말고 그 사람 입장에서 '참 안됐다'는 생각으로 뭔가 억울한 게 있는지 알아보려고 해야 한다. 그동안은 이런 태도를 찾아보기 어려웠다. 기분이 좋을 때, 인생이 잘 풀릴 때 변호사를 찾는 사람은 없다. 사람들은 고통스럽거나 억울하거나 문제가 있을 때 변호사를 찾는다. 그런데 많은 변호사들이 판검사 때 하던 버릇이 남아 있어서인지 '뭐 잘못한 게 있으니까 찾아왔겠지'라는 선입견을 갖고 의뢰인을 대한다. 변호사인데 판검사인 듯 행동하는 것이다.

지금은 달라졌지만 예전에 변호사는 참 좋은 직업이었다. 판검사를 하다가 변호사로 개업하면 수입이 좋아지니까 가족들도 여유가 좀 생긴다. 판검사와는 달리 의뢰인과의 인간관계가 형성되니까 생활의 폭도 넓어진다. 또 공무원으로서의 제약이 없어지니까 골프, 바둑 등 취미도 마음껏 즐길 수 있다. 내가 보기에 이렇게 좋은 점이 많은데 판검사 하다가 변호사가 된 사람들 대부분이 불만에 가득 차 있다. 1년만 지나면 돈을 많이 버는 데서 오는 만족감이 사라진다. 그러면 판검사 시절 가졌던 권위와 명예를 그리워한다. '내가 그래도 판사를 하던 사람인데 돈 몇 푼에 잘못한 놈들 뒤치다꺼리나 하고 있다'는 자괴감도 든다. 누군가에게 굽실거려야 하는 신세를 한탄하는 것이다.

법조계 밖에서는 믿지 못할 이야기인데, 변호사가 되면 아무리 동창이나 친구라도 사석에서조차 판사에게 존대를 한다. 법정에서야 원래 상호 간에 존대를 하지만 사석에서 엊그제까지 반말을 하던 동창에게 '판사님, 이랬어요. 저랬어요' 하는 것이다. 판사가 의사봉을 쥐고 있으니까 잘 보여야 한다는 건데 참 웃지 못할 광경이다.

"야, 인마! 너는 변호사가 되어 가지고 우리한테 야, 야. 넌 왜 안 변하냐?"

판사인 친구들이 농담 반 진담 반 내게 한 말이다. 나는 이렇게 대응했다.

"야 인마! 내가 존대하고 절절맨다고 네가 나 봐주냐."

어디 가서도 고개 숙일 일 없는 판사와 비교하면 그래도 고개를 좀 숙여야 하는 변호사는 못 해먹을 직업이다. 그러나 법률적으로 도움이 필요한 사람을 돕는다는 데 초점을 맞추면 굳이 판사와 비교하지 않아도 된다. 굳이 비교를 하려면 판사의 좋은 점과 변호사의 좋은 점을 비교해야 한다. 판사의 좋은 점과 변호사의 나쁜 점을 비교하니까 인생이 괴롭다. 자기 인생이 괴로운 사람이 남을 돕기는 참 어렵다.

법조계가 달라지려면 법조인끼리 서로 감싸는 일이 없어져야 하고, 판검사를 그만둔 뒤 변호사 개업을 하는 데도 일정 정도의 제약을 둬야 한다. 그리고 공부만 하다가 판사를 하는 게 아니라 일정 기간 동안 변호사를 한 뒤에 판사를 하게 하는 제도도 필요하다. 무엇보다 중요한 것은 법조인 스스로 기본으로 돌아가야 법조계가 변화한다는 것이다. 법조계가 기본으로 돌아가면 많은 사람들이 그 혜택을 보겠지만 가장 많은 혜택을 보는 사람들은 법조인들이 될 것이다.

법조인의 사명

일흔 살에 실무에서 손을 떼고 자유인으로 살기 시작했다. 말하자면 은퇴를 한 것이다. 그때 사람들이 "네가 만든 회사고 아직 건강한데 왜 은퇴를 하느냐?"며 반대했었다. 그렇다고 다들 반대하니 좀 더 해볼까 하는 생각은 들지 않았다. 법무법인 충정은 내가 시작했지만 혼자 만들지 않았다. 평생 바쁘게 살아왔으니 아직 건강할 때 여행도 다니고 읽고 싶은 책도 읽고 배우고 싶은 외국어도 배우고 낮술도 좀 마시면서 편하게 지내보자 싶었다. 그렇게 지내다가 5년 만에 회사로 돌아왔다. 바꿔보고 싶은 것, 바로잡고 싶은 것이 생겼기 때문이다.

지금 법조계는 나쁜 경쟁이 판을 치고 있다. 어디에나 있는 원칙rule이 법을 다루는 법조계에는 없다. 반칙 잘하는 놈이 이기는, 수단이 무엇이든 이기기만 하면 된다는 식이다. 변호사가 기업의 실무자에게 골프, 술 등으로 접대를 한다. 심지어 실무자와 짜고 클라이언트의 돈을 빼먹는 경우도 있다.

"변호사님, 이거 수임료가 얼마입니까?"

"300만 원입니다."

"600으로 하시죠."

이런 지경이다. 회삿돈을 빼먹는 실무자도 나쁜 놈이지만 일 따겠다고 그 제안을 수락하는 변호사도 한심하긴 마찬가지다. 좋은 법률 서비스를 제공하고 그 대가로 돈을 받는 게 아니라 돈만이 중심이 되었다. '저놈한테 어떻게 돈을 긁어낼까?' 지금 우리 법조계가 이런 생각을 갖고 있다. 실력이 좋더라도 돈을 벌지 못하면 무능한 변호사다. 실력이야 어떻든, 어떤 방법을 썼든 돈만 많이 벌면 유능한 변호사로 칭송받는다. 그들 자신이 그렇게 생각하니까, 일반인들도 '변호사는 돈만 아는 놈들'이라고 생각한다. 원리원칙대로 하고 실력 있는 변호사보다 돈 많이 비는 놈이 잘하는 줄 안다. 변호사 사회 전체가 나쁜 놈이 시작한 나쁜 경쟁으로 치닫고 있는 것이다.

일반적으로 사람들은 문제를 해결해달라고 변호사를 찾는다. 변호사를 찾을 정도이니 누구나 상황이 급박할 것이고 꼭 해결되었으면 하는 마음이야 이해가 된다. 그러니 변호사가 여기에 편승해서는 안 된다. 변호사는 해결사가 아니다. 법적인 절차를 알려주고 해결하는 방법을 알려주는 직업이다. 그러니다 해결할 수 있다면서 돈을 받으면 안 되는 거다. 사실을 그대로 알려주고 그 안에서 최선을 다하겠다고 하고 의뢰인이 그것으로는 안 되겠다고 하면 일을 맡을 수 없는 거다.

실력 이외의 것으로 수임 경쟁을 하려고 하니 은행장 출신이나 검찰 직원 출신을 고문으로 모신다. 말이 좋아 고문이지 브로커다. 해결할 수 없는 것을 해결해주려고 하니 전관(퇴직한 고위공무원, 판사)을 찾는다.

나는 그런 경쟁을 하지 않았다. 그러고도 여기까지 왔다. 뭘 하든 진심으로 하면 통한다고 생각하고 살아왔다. 꼭 이겨야겠다는 사건이면 거의 달달 외워서 법정에 섰다. 지독할 정도로 했고 내 일처럼 했다. 내 일이니까 클라이언트에게 큰소리도 칠 수 있었다. 그것이 내 경쟁력이었다.

지금 우리 사무실은 정체기를 겪고 있다. 나쁜 경쟁도 하지 않지만 변호사의 본분을 지키는 경쟁도 하지 않고 있다. 내가 회사를 맡긴 세대는 환갑 근처다. 이들은 내가 물려준 대로 지키고 확장을 하지 않으려고 한다. 이후 세대는 내가 있을 때처럼 확장되기를 원하고 그러려면 내가 돌아와야 한다고 말했다. 그래서 5년간의 자유인 생활을 청산하고 돌아왔다.

우리 로펌의 변호사들에게 여론조사를 해봤다. 각자 처한 상황과 성향에 따라 다양한 불만들이 나왔다. 큰 문제는 아니어서 조금씩 해결해나가면 될 것 같다. 다양한 불만들 속에 나를 기쁘게 하는 의견이 공통적으로 나왔다. 변호사로서의 윤리를 지켜야 한다는 창업정신은 반드시 이어져야 한다는 내용이었다.

좀 서글픈 이야기인데 법조인들이 법을 더 잘 안 지킨다. 자기들이 보통 시민들보다 우월하다고 생각하니까 도덕적인 면에서도 둔감하다. 대표적인 예가 '고소득 전문직의 탈세'다. 나의 경우에는 처음부터 기업이 고객이니까 탈세하기도 어려웠지만 그럴 생각도 하지 않았다. 1981년 개업한 첫해 전국 변호사 중에서 세금납부액 기준으로 3등을 했다. 관할 세무서장이 나한테 이랬다.

"변호사님, 이거 첫해부터 이렇게 많이 신고하면 나중에 골치 아프실 겁니다."

"보세요. 내가 고문을 맡은 일고여덟 개 회사에서 이렇게 온 거예요. 뭐 어떡하라는 말입니까?"

"하긴, 그렇죠."

2년쯤 지나서 그 회사들이 문제없이 잘 굴러가는 바람에 매출이 줄었다.

"변호사님, 그러지 말고 좀 더 올리세요."

"어떻게 올려요? 이거 그대론네요."

"그러면 세무조사를 해야 합니다. 깨끗하게 세금 잘 내시는 거 아는데 그래도 매년 매출이 안 올라가면 저희가 세무조사를 나갑니다. 너무 심각하게 생각하지 마세요."

"하세요."

회사의 매출액이 줄어들었다고 신고하면 세금을 줄이려고 허위신고를 한 건 아닌지 조사하는 관행이 있다. 관할 세무서에서는 한 2주 나와서 조사하는 척하더니 "관둡시다" 하고 마무리를 지었다. 세금은 국민이라면 누구나 내야 할 것이고 변호사로서의 윤리도 지켜왔다. 어려움에 처한 의뢰인을 법률적으로 도와준다는 충정의 윤리지침은 변호사의 윤리지침과 다르지 않다. 내 일처럼 열심히 도와준다는 것이 곧 영업 비밀이었다.

2016년에는 10명의 새내기 변호사를 채용했다. 판검사 출신이 아니고 로스쿨 졸업생들이다. 파트너 변호사들은 우리 로펌 규모에 비해 너무 많다고 반대했지만 사재라도 털어서 월급을 줄 테니 뽑자고 했다. 로펌도 기업이니까 고용을 창출해야 할 의무가 있다. 기성세대 몫을 좀 줄이더라도 청년들에게 기회를 줘야 한다. 그렇다고 아무 복안도 없이 그냥 뽑은 건 아니다. 우리 사회에는 법률의 도움을 필요로 하는 다양한 분야가 있다. 법조계도 경쟁에서 살아남으려면 새로운 분야로 진출해야 한다. 그러자면 해당 분야를 잘 아는 법률 전문가가 필요하고 그들은 법률만 잘 아는 변호사보다 훨씬 더 세밀하고 정교한 법률 서비스를 제공할 수 있다. 그래서 이번에 모신 변호사들은 법대 출신이 아닌 경우가 더 많다.

내가 만드는 직접적인 변화는 여기까지다. 이제는 내가 선두에 서서, 나를 따르라고 외치던 때처럼 할 수 없다. 세상이 바뀌었다. 한창 확장할 때만 해도 조금 부지런히 돌아다니고 하면 수익도 20퍼센트씩 오르곤 했지만 지금은 아니다. 그래서 같이 고생해보자고 했다. 방해가 되는 건 내가 처리할 테니 자발적으로 해보라고 했다. 로펌이라는 게 까딱 잘못하면 돈 많이 주는 클라이언트한테는 잘하고 적게 주면 무시하게 된다. 열심히 일을 하는 게 아니고 열심히 돈을 보니까 전체적으로는 나태해진다. 로펌이 클라이언트에게 열심히 하지 않으면 결과는 뻔하다.

내 복안은 인문학이다. 먼저 사람이 되어야 제대로 된 변호사가 된다. 제대로 된 변호사란 법률 지식을 가지고 사람을 도와주는 일에 만족하는 사람이다. 잘될지 어떨지 예전처럼 자신이 없다. 인문학을 가르치고 원칙대로, 기본으로 돌아가는 것이 성공할지 어떨지 자신이 없다는 것이다. 전에는 내가 직접 뛰는 거니까 "나를 따르라" 하면 됐는데 지금은 동기부여를 해가면서 한다. 다른 사람 등 두드려 가며 하는 건 처음이다. 어쨌거나 칼자루는 직접 뛰는 사람들이 쥐고 있다.

중단해버릴까 하는 갈등도 있었다. 그러나 여기서 되돌아가면 남은 생애가 얼마나 될지 몰라도 늘 마음이 좋지 않을 것 같다. 자신은 없지만 노심초사, 불안하지는 않다. 내가 나서서 되지 않을 일이라는 걸 안다. 내가 선두에 나서면 나도 힘들고 다른 사람들도 힘들다. 다만 할 수 있는 일을 할 뿐이다.

2부

어른이
된다는
것

사람보다 돈? 돈보다 사람!

까마득한 하늘 위에서 참 무서운 이야기를 들었다. 일등석을 탔는데 일반 승객은 나 혼자이고 나머지는 조종사들이었다. 근무가 없는 조종사들이 어디로 이동하기 위해 탄 모양인데 내가 있는 걸 아는지 모르는지 자기들끼리 섬뜩한 이야기꽃을 피웠다. 군대에서 얼차려 받았던 이야기를 하듯 편안하고 즐겁게 각자 사고가 날 뻔했던 일들을 주거니 받거니 했다. 사고 날 뻔했던 게 일상다반사라니 그게 더 아찔했다.

예상치 못한 기상이변 때문이라면 그러려니 했을 텐데, 어떤 일은 연료 사용량 체크가 그 원인이었다. 그들의 이야기를 종합하면 회사에서 조종사별로 연료 사용량을 체크했다. 공항 사정으로 착륙이 지연되는 것도 조종사의 '실적'으로 처리하니까 무리를 해서라도 착륙을 하려고 한다는 것이다. 조종사는 한 번 근무하면 일정 시간 이상을 편안하게 쉬어야 한다는 규정이 있다. 그러나 절대적인 휴식 시간도 지켜지지 않았고 편안한 잠자리도 마련해주지 않았다. 그런 얘기를 듣는 순간, 피곤하고 스트레스가 가득 쌓인 조종사가 연료를 아끼기 위해 무리하게 착륙을 시도할지도 모르는 비행기에 타고 있다는 걸 깨달았다. 나와 같은 신세인 다른 승객들은 아무것도 모르고 마음 편하게 있었겠지만 나는 무서웠다. 그날 무사히 땅을 밟기는 했는데 그 무렵 해당 항공사의 사고가 잦았던 것은 사실이다.

이후로 오랫동안 미국 항공사를 이용했다. 서비스는 나쁘다. 우리나라와 문화가 다른지 미국의 젊은 승무원은 국내선을 좋아한다고 한다. 그래서 국제선에는 할아버지, 할머니 승무원들이 많다. 덜덜 떨면서 주스를 따르다가 내 옷에 쏟는 실수를 하기도 했지만 비행기가 추락하면 옷이 멀쩡해도 소용없으니 그게 더 낫다.

오래전에 조선소에서 일어난 사고의 선주 측 변호를 맡은 적이 있다. 태풍이 부는데도 무리하게 도크에서 유조선을 꺼내다가 발생한 사고였다. 조선소 측에서 배를 빼라고 하니까 도크에서 나오긴 했는데 강풍을 이기지 못하고 방파제를 받아버렸다. 예인선은 유조선이 너무 크고 바람이 세니까 도망을 가버렸고, 그렇게 해서 배는 부서지고 기름이 새는 사고가 난 것이다. 도크 안에서는 도선사가 선장의 역할을 하기 때문에 선장에게는 아무런 권한이 없다. 그런데도 선장이 배에 타고 있었다는 이유로 조선소의 손해배상액을 30퍼센트밖에 인정하지 않았다. 재판의 결론과 상관없이 사고의 원인은 역시 돈이다. 작업이 끝난 배를 빼고 빨리 다른 배를 수리하려다 생긴 사고였던 것이다. 졸속과 무지의 원인은 돈이다. 사람의 생명보다 돈이 더 중요한 것이다. '설마 사고야 나겠어' 하다가 사고가 나고 사람이 죽는다.

두 사례 모두 오래전의 일인데 이후에도 큰 변화는 없다. 여전히 돈 때문에 사고가 나고 사람들이 죽는다. 기업이 자발적으로 안전을 강화하는 게 제일 좋다. 그 무시무시한 항공사는 이후 외국인을 안전담당 부사장으로 영입했다. 그리고 칼같이 규정을 준수했다. 이렇게 알아서 해주면 좋은데 현실은 그렇지 않다. 그래서 법이 필요하다. 나쁜 놈들이 개판을 만들지 않게 하는 규제가 있어야 한다.

우리나라의 경우, 법은 마련되어 있는데 엄격하게 적용을 하지 않는다. 이렇게 봐주고 저렇게 봐주면서 나쁜 놈들이 법을 어길 기회를 많이 제공하는 것이다. '이건 내 책임이다. 안 되는 건 안 된다'라는 태도가 있어야 하는데 아직은 많이 부족하다.

친구가 해외의 건설현장에서 겪었던 일이다. 감리監理를 나온 영국인들이 당시 우리나라 개념으로는 너무하다 싶을 정도로 철저하게 하더라는 것이다. 심지어 페인트칠까지 그냥 넘어가는 법이 없었다고 한다. 이러니 안전에 관한 사항은 오죽 엄격하게 하겠는가. 우리처럼 슬쩍슬쩍 봐주는 것은 꿈도 꿀 수 없다.

태도든 기술이든 시스템이든 부족한 건 배워야 한다. 모르면 레슨비를 내야 하는데 우리는 모르면서 다 아는 척한다. 선진국들은 산업화 과정에서 우리보다 빨리 갖가지 사고를 경험했다. 우리 눈에는 불필요해 보이는 조치들도 사고의 경험에서 나온, 사고를 막기 위한 방법들이다. 사람은 기계가 아니므로 실수를 하게 되고, 실수를 막기 위해 최대한의 조치를 취하는 것은 당연하다는 것이 그들의 사고방식이다. 축구공을 발로 차서 골대에 집어넣는 '아주 단순한' 기술을 배우기 위해 유능하고 경험 많은 코치를 영입한다. 안전은 축구보다 훨씬 중요하다. 그러니 앞서 경험한 선진국에게서 배우지 않을 이유가 없다.

직장인도 사람이다

내가 세상 물정을 참 몰랐는데, 40대까지도 그랬던 것 같다. 서른아홉 살에 판사를 그만두고 대한석유공사(유공, 현 SK)에서 법률고문으로 일하게 되었을 무렵까지도 회사의 과장이 그렇게 높은 사람인 줄 몰랐다. 기업 운영의 실무 책임자가 과장이라는 걸 그 나이가 되어서야 알았다.

그러던 중 대우그룹 김우중 회장에게서 호출을 받았다. 김우중 회장은 경기고교 2년 선배였는데, 내가 유공에 갔다는 걸 알고는 "황주명이 판사 그만두고 유공 갔다는데 어떻게 된 거야" 하고 호통을 쳤다는 걸 그 회사 상무로 있던 동창에게서 전해 들었다.

나는 회장 역시 그렇게 높은 사람인 줄 몰랐다. 과장과 비교해서 이 정도가 아닐까 생각했는데 그보다 훨씬 높은 사람이었다. 그전에도 와서 도와달라는 말이 있긴 했었다. 선배이기도 하고 이렇게 높은 사람이 도와달라고 하니 거절할 수 없어서 대우그룹으로 자리를 옮겼다. 도와달라는 부탁에 응한 만큼 열심히 도왔다. 2년 근무하는 동안 1년에 100일은 회장을 따라 해외 출장을 갔다. 영어가 되는 법률전문가니까 할 일이 많았다. 그러는 와중에 고개를 갸웃하게 만드는 일들이 생겼다.

내가 인사까지 담당하고 있던 때였는데 직원들이 주말마다 쉬지도 못하고 일했다. 일요일에도 일을 시키는 곳이 그 기업만의 문제는 아니었지만 유독 심했다. 6일을 일하면 하루 쉬라고 되어 있으니 쉬는 게 맞다. 그래서 "일요일에는 나오지 말고 집에서 쉬어라"라고 했는데 금방 회장실에 불려갔다. 회장이 일요일에 회사에 나와 보니 직원들이 보이지 않았을 테고, '황 상무가 쉬라고 했다'는 보고가 올라갔을 것이다.

"어떻게 된 거야?"

"쉬는 날도 있어야죠."

"평일에도 노는 사람들인데 일요일이라고 쉴 거 있어? 사람들이 다 황 상무처럼 열심히 일하고 일요일에 쉬는 거 아니야."

평일에 열심히 안 하니까 일요일에도 일을 해야 생산성이 맞춰진다는 논리였다. 그래도 나를 믿어줬는지 일요일은 쉬는 날로 정착이 되었다.

어찌 보면 웃기는 일이지만, 어찌 보면 웃지 못할 일도 있었다. 예나 지금이나 말단 공무원이라도 일이 되게는 못해도 안 되게는 할 수 있다. 그래서인지 공무원 가족의 장례 때는 임원들을 보내 밤을 새게 함으로써 공무원과의 유대관계를 돈독히 다져 두려 했다. 조의만 표하고 그냥 갈까 봐 꼭 출석 체크를 했다. 보통 11시를 넘긴 시간에 와서 누가 왔는지 면면을 확인했다. 이 시간에 와서 잠깐만 시간을 보내면 꼼짝 없이 밤을 새야 한다. 야간 통행금지가 있었기 때문이다. 물론 야간 통행증이 있는 사람은 집에 갈 수 있었다. 쭉 얼굴을 확인한 다음에 나한테 와서는 "야, 너는 가"라고 했다.

"밤새라면서요?"

"넌 일해야 하잖아. 딴 놈들은 어차피 일 안하니까 밤새도 돼."

이런 일들이 자꾸 쌓였다. 종업원을 위하는 생각은 전혀 없고 하나의 상품으로, 생산의 도구로만 보는 게 마음에 걸렸다. 같이 출장을 다니면서 건의도 많이 했다.

"제발 그러지 좀 마세요. 직원들도 다 사람인데 인간적인 대우를 좀 해주세요."

"안 돼. 그 새끼들은 안 그러면 다 놀아. 그나마 일을 시키려면 못살게 굴어야 해."

"나 보세요. 안 그러잖아요."

"야, 다 너 같은 줄 아냐?"

때로는 '할게, 곧 할게' 하기도 했는데 그럴 생각이 없어 보였다. 누구를 고용할 때 100을 줘야 하는데 80만 주면 나한테 20이 남는다는 식의 계산을 했다. 나에게도 처음에는 뭐든 다 해줄 것처럼 했다. 그러나 시간이 좀 지나니 나도 그 계산의 대상에서 벗어나지 못하는 것 같았다. 사람을 대하는 방식이 너무 달라서 오래 도와주고 싶은 마음을 접었다. 역시 세상 물정을 모르는 나는 1년이 지나서야 '저 사람은 나와 다르구나. 내가 저 사람을 바꿀 수는 없겠다'는 걸 알았다. 그 무렵 회사 내에서 내 별명이 '야당 당수'였다. 직원들의 민원을 회장에게 전하는 역할의 야당 당수로는 회사에서 오래 버티기 힘들다. 40대 초반, 뭔가 바꿔보려고 갔다. 그런데 안 된다고 하니 더 있을 필요가 없었다. 말리는 걸 뿌리치고 그만두었다. 거기서 배운 것을 지금까지 잘 써먹고 있다.

내 비서는 나랑 30년째 같이 일하고 있다. 스물세 살에 들어왔으니 지금은 쉰이 넘었다. 그 사이 결혼을 하고 딸이 대학을 졸업했다. 이렇게 오래 일할 수 있는 비결 중 하나는 명확한 업무분담이다. '요거는 내 것, 저거는 네 것' 이렇게 분담을 하고 모르는 건 물어본다. 나는 불만이 없지만 비서는 불만이 많을 수도 있다. 서운한 건 있겠지만 누구 뒷조사 같은 부당한 건

시키지 않았다. 사무실을 경영하면서 최고 수준의 봉급은 못 주더라도 편하게 일할 수 있는 직장을 만들어 주려고 했다. 로펌 내 전 직원이 정규직인 것도 그래서다. 변호사들에게도 돈을 많이 버는 해에는 보너스를 듬뿍 주고 그렇지 않은 해에는 못 벌어서 없다고 했다. 치사하게 내가 더 많이 가져가겠다고 계산하지 않았다.

간단한 사실만 알면 된다. 직장의 사람들도 모두 같은 사람이다. 사장도, 부장도, 과장도, 대리도, 말단사원도 모두 사람이다. 사람은 사람을 사람으로 대해야 한다.

권위를 벗고 소통을 입다

　　교회와 관련된 재판을 꽤 많이 했다. 재판의 당사자는 대개 목사와 신도들이다. 우리나라에서는 종중의 선산처럼 교회도 총유總有, 즉 공동소유의 개념을 적용하고 있다. 법적으로 교회의 사원은 신도들의 것이다. 다툼이 생기는 지점은 결혼식 같은 교회의 '부수입'이다. 한 번 잘못 사용했다고 소송까지 오진 않았을 테고 각종 불만들이 부수입 사용 문제로 터져나왔을 것이다. 소송을 통해 신도들이 목사를 쫓아내는 경우도 있었다.

　　형사법원에 근무할 때, 돈암동 부근에 있는 교회에서 일어난 일도 비슷했다. 교회 건물의 소유권을 두고 전임목사와 후임목사가 갈등했고 이것이 신도들의 싸움으로 번졌다. 결국 폭력사태까지 일어난 후 상호 고소에 의해 교직자들이 법의 심판을 받게 되었다. 늘 하던 싸움이라 그러려니 했는데 증인신문에 나온 신도들의 발언이 영 거슬렸다.

"목사님이 장로님의 얼굴을 때리자 장로님이 화가 나서 목사님의 배를 때렸습니다. 그러자 집사님이…."

한두 번이면 모르는데 계속해서 목사님, 장로님, 집사님의 폭력행위를 묘사하니까 목사, 장로, 집사가 폭력 전문가를 일컫는 용어처럼 들릴 지경이었다. 그래서 제발 교회 직책은 빼고 이름만 말하라고 주의를 줘도 그때뿐이었다. 그러니 어떤 이는 배꼽을 잡고 웃고 같이 재판받던 다른 피고인들은 비웃듯이 엷은 미소를 띠고 있었다. 비단 교회만의 문제는 아니다. 절에서도 비슷한 일들이 일어난다. 사랑, 자비를 가르치는 곳에서도 속세와 같은 일들이 벌어진다. 자주 경험하는 일이라 새삼스럽지 않지만 생각해보면 참 새삼스러운 일이다.

2013년에는 순전히 인간적인 문제 때문에 목사와 장로가 갈등하고 있는 대형교회의 이야기를 들었다. 그 갈등을 해결해달라는 컨설팅을 의뢰받은 분이 자기는 해결책을 전혀 모르겠다면서 내게 말해주었다. 사람 사이의 갈등이라는 것이 어느 한쪽이 큰 잘못을 해서라기보다 서로에 대한 이해가 부족해서 생기는 경우가 많다. 상대방의 입장을 충분히 생각하지 못하니까 사소하나마 기분 나쁜 행동을 하게 되고 당하는 사람은 '저 사람이 나를 사람으로 취급하지 않는다'고 오해한다. 당장 죽일 듯이 싸우고 그래서 대타협이 필요할 것처럼 보이지만 갈등의 시작이 그랬듯, 해결도 사소한 데서 출발하면 의외로 쉽게 풀린다.

교회가 성장하는 데 목사와 장로 중 누구의 기여가 더 클까? 예수가 재림할 때까지 토론을 해도 결론이 나지 않을 문제다. 그러나 몇 퍼센트의 기여도가 있는지 결정할 수는 없어도 모두가 기여했다는 사실만은 틀림없다. 장로는 천막교회가 웅장한 건물로 성장해가는 모든 과정을 지켜봤다. 자신들이 피땀 흘려 번 돈과 노력으로 교회가 세워졌다고 느끼는 것도 무리가 아니다. 그런데 목사라고 젊디젊은 것이 와서 외국에서 공부 좀 했다고 자기들을 무시하는 것 같다. 목사는 내가 언제 장로님들을 무시했냐고 할 것이 분명하다. 자기는 목회자로 열심히 공부하고 왔는데 하나님 말씀이 아닌 이야기들을 하니까 바로잡아주기도 했을 것이다. 이게 장로들에게는 '싸가지' 없이 느껴졌을 테고.

"젊은 목사들이 장로들 모시고 선교도 나가고 해서 '장로님들 덕에 우리 교회가 커지고 이렇게 잘하고 있습니다' 이렇게 한마디만 해주면 될 것 같은데?"

인정받자고 한 일이 아니라도 너무 모른 척하면 서운한 게 인지상정이다. 장로는 교회가 성장하는 걸 보면서 나이 든 사람들인데 자주자주 고맙다고 해도 과한 인사는 아닌 것 같다. 목사도 장로도 좋은 아이디어라고 했다는데 결과가 어떻게 되었는지는 모르겠다.

사찰의 갈등도 적지 않다. 외부에까지 들릴 정도면 내부 사람들은 꽤 심각한 갈등을 겪고 있을 것이다. 종교뿐 아니라 정치, 문화, 교육 등등 갈등이 없는 분야가 없다. 혹자는 걸핏하면 거리로 뛰어나와서 시끄럽게 한다면서 싫어한다. 얼핏 보면 과거에는 갈등이 적었던 것처럼 느껴지기도 한다. 과연 그랬을까?

예전에는 아버지가 한마디 하면 어머니를 비롯해 모든 식구가 군소리 없이 따랐다. 밖에서는 깡패 같은 학생도 선생님 앞에서는 꼼짝을 못했다. 부장이 일요일에 등산을 잡으면 전부서원이 갑자기 산을 좋아하게 되었다. 정부에서 하는 일이라면 개인이 손해를 보더라도 받아들였다. 권위주의 시대의 일들이다. 갈등이 없었다고 말한다면 거짓말이다. 권위에 눌려, 권력에 눌려 표출되지 못했을 뿐이다.

이제는 달라졌다. 남편이 가부장의 권위로 아내를 대하면 아내는 더 이상 그것을 용납하지 않는다. 자식에게 아버지의 권위를 내세우면 자식은 그만하라고 한다. 직장 상사가 갑작스레 회식을 잡으면 부하직원은 약속이 있다고 한다. 정부가 나라에 필요한 일이니 따르라고 하면 손해를 보는 국민은 싫다고 한다.

힘으로 누르면 바짝 엎드렸던 시대는 지났다. 그런데 힘이 있는 쪽 혹은 과거에 힘이 있었던 쪽은 과거의 방식에서 벗어나지 못했다. 밀양 송전탑 문제도 그렇다. 처음부터 가서 '이 마을에 송전탑을 세워야 할 것 같은데 이야기 좀 합시다'라는 태도가 아니라 먼저 송전탑 건설을 추진하고 나서 돈으로 해결하려 한다. 이미 마음이 상한 쪽은 '우리가 돈에 미친 놈이냐'라고 한다. 그러니 가능하면 첫 단추를 잘 끼워야 한다. 그러지 못했으면 첫 단추로 돌아가야 한다.

소통의 어려움으로 말할 것 같으면 법원도 둘째가라면 서럽다. 판결문에 자주 등장하는 '소외訴外'라는 단어가 있다. 법조인이 아니면서 이 단어의 뜻을 알고 있다면 꽤나 많은 소송을 경험한 사람일 가능성이 높다. 판결문에서 소외는 소송과 관계없는 제3자로, 다시 말해 '해당 소송의 원고와 피고 외'라는 뜻이다. 예를 들어 종로에서 뺨 맞고 한강에서 눈 흘기다가 지나가는 사람과 시비가 붙었다고 할 때 종로에서 뺨을 때린 사람이 '소외'다.

또 하나 자주 보이는 표현이 '엿볼 수 있다'는 말이다. 상황을 추정해서 보면 이러이러한 게 인정이 된다는 말이다. 정황 증거라는 것인데 이것을 '엿볼 수 있다'라고 쓰는 것이다. 나도 판사 시절 많이 썼던 말이고 우리끼리는 "사람이 비겁하게 직접 안 보고 엿본다"고 농담을 하기도 했다. 그 시절에도 뭔가 이상하고 적절하지 않은 표현이라고 생각한 것인데 아직도 그러고 있다. 또 '채택하지 않고, 믿지 않고'라고 쓰면 될 것을 꼭 '채택하지 아니하고, 믿지 아니하고'라고 쓴다. 이것들은 몇몇 예일 뿐이고 판사들이 쓰는 판결문 중 상당수는 일반인들은 도대체 무슨 말인지 알아들을 수가 없다. 어떤 경우엔 법조계 밥을 50년 넘게 먹고 있는 나도 이해가 쉽지 않은 판결문이 있다.

충분한 국어교육을 받은 사람들이, 그것도 꽤 똑똑하다고 하는 사람들이 왜 이런 이상한 문장을 쓰는 것일까. 특별한 비밀이 있는 것도 아니다. 그냥 옛날부터 이렇게 써왔으니까. 초임 판사가 판결문을 작성해가면 부장판사가 "이건 좀 이상해"라면서 친절하게 고쳐준다. 그걸 그대로 반영하면 제대로 된 국어교육을 받은 사람은 이해할 수 없는 판결문이 되어버리는 것이다. 그 부장판사 역시 자신의 부장판사에게 똑같은 과정을 거쳐 배웠을 것이고 거슬러 올라가면 일제강점기까지 간다. 앞에서 예로 든 이상한 말들을 일본어로 바꾸면 자연스럽다. 그 시절의 관습을 아직까지 깨지 못하고 있는 것이다.

아직도 우리나라 법원은 재판받는 사람이 아니라 재판하는 사람 위주로 돌아간다. 판결문은 당사자가 아니라 상급법원을 위한 것이다. 무슨 글이든 글쓰기의 기본은 독자의 눈높이에 맞춰야 한다는 것이 원칙이다. 같은 내용이라도 중학생이 독자일 때와 성인이 독자일 때는 쓰는 방식이 달라져야 한다. 판사들이 재래 관습에 따라 가장 전형적인 판결문을 썼다는 것을 자랑스럽게 생각하니 듣는 사람이 알아듣든 말든 상관이 없다.

사회적으로 관심을 끄는 재판도 있지만 판결문을 제일 먼저 들어야 할 사람은 재판을 받는 당사자다. 예를 들어 손해배상 청구 소송이라면 원고는 자기가 얼마를 받느냐가 문제고 피고는 얼마를 물어내야 하는가가 최대의 관심사다. 그리고 승소한 사람은 몰라도 패소한 사람은 자기가 왜 졌는지 이해할 수 있어야 한다. 다 듣고도 변호사에게 이겼는지 졌는지 물어봐야 하는 판결문이라면 제대로 된 것이라고 할 수 없다. 판결은 당사자가 알아들을 수 있게 써야 한다. 모르긴 해도 국어선생님에게 판결문을 맡기면 온통 빨간 줄이 그어질 것이다.

판사들도 병원에는 한 번쯤 가봤을 테니 가만히 생각해보면 재판받는 사람 입장을 알 법도 하다. 의사가 차트에 알아보지 못하는 전문용어를 줄줄 쓰면 이게 죽을병이라는 건지, 별거 아니라는 건지 알 수가 없다. 뭘 좀 자세히 물어볼라 치면 다음 환자 들어오라고 한다. 그때의 답답함을 기억한다면 재판받는 사람의 답답함도 알아야 한다.

소통은 공통의 경험에서 출발한다

영화 〈베테랑〉을 봤다. 나도 1,300만 명이 넘는 관객 중 하나였다. '돈은 없지만 가오는 있는' 일개 형사가 재벌 3세를 응징하는 내용이 통쾌했다는 평이 많았다. 그런데 나는 영화를 보고 나와서도 내내 불편했다. 조태오가 여성들에게 케이크를 뒤집어씌우고 머리칼을 잡고 케이크에 얼굴을 처박는 장면 때문이었다. 조태오를 응징받아 마땅한 나쁜 놈으로 만들기 위한 장치라는 걸 알지만 그래도 너무 끔찍했다. 꼭 그렇게 노골적인 장면을 넣어야 했을까 싶은데 이 점을 꼬집는 비평은 하나도 보지 못했다.

하긴 나는 불편해서 안 나왔으면 하는 장면들이 TV에도 많이 등장하긴 한다. 드라마에서, 특히 드라마라고 부르고 싶지도 않은 막장 드라마에서 돈과 권력을 가진 사람이 그렇지 않은 사람을 괴롭히는 장면은 나오지 않았으면 좋겠다. 극작가라는 사람들이 무슨 생각인지 모르겠다. 나는 심지어 역사적인 사실이라 달리 방법이 없을 수도 있겠지만, 사극에서 사람이 가마를 메고 가는 장면도 불편하다.

하긴 현실에서도 황당한 일이 황당할 정도로 많이 일어난다. 국회의원의 성 파문은 마치 순번이라도 정한 듯 벌어진다. 교사가 학생에게 연애하자고 연락을 하는가 하면 동료교사를 술자리에서 껴안았다는 자도 있다. 성희롱을 조사하러 가던 감사관이 동료 감사관을 성희롱한 사건도 있었다. 아파트 구내가 복잡하다고 택배 배달하는 사람은 단지 내에서는 도보로 배달하고 신문배달부는 엘리베이터를 사용하지 못하게도 한단다. 어떻게 이런 일이 생길 수 있는가. 여러 원인이 있겠지만 인간 경시 풍조가 가장 큰 원인이 아닐까 생각한다.

인간존중이라는 사상은 18세기 이후로 인류 사회에서는 없어서는 안 되는 개념이 되었다. 법에서 인간의 기본권이라든가 언론의 자유, 직업 선택의 자유 등이 규정되어 보호되고 있다. 그런데 그런 법적 보호로는 미흡한 것이 인간존중이라는 개념이다. 여기에는 윤리적, 도덕적 개념이 포함되어 있기 때문이다.

2014년 12월, 사회적으로 공분을 일으킨 '땅콩회항' 사건을 보자. 재벌 3세인 대한항공 조현아 전 부사장이 승무원의 기내 땅콩 서비스에 불만을 품고 이륙을 위해 활주로로 이동 중이던 비행기를 회항하도록 한 뒤 사무장을 강제로 내리게 하여 이륙을 지연시킨 사건이다. 이 사건은 법 규정을 위반했다기보다는 '사람을 어떻게 그렇게 취급하는가', '재벌이라고 사람을 무시하고 자기가 먹여 살리는 머슴 정도로 취급해도 되는가'에 대한 분노였다. 인간을 인간으로 대접하지 않았다는 점에 모든 국민이 분개한 것이다.

니체는 인간은 사실을 보는 것이 아니라 자기의 이해관계에 따른 해석을 하는 것이라고 했다. 어떤 사물을 볼 때 '이것이 무엇이냐?'라기보다 '이것은 나에게 무엇인가?'라는 관점으로 본다는 거다. 인간의 인식에 대한 명석한 통찰이다. 땅콩을 좋아했던 재벌 3세는 '승무원은 나에게 무엇인가? 머슴에 지나지 않고 내 덕에 먹고사는 하찮은 자'라고 생각했을 것이다. 그래서 사람에게는 할 수 없는 짓을 했다고 본다. 이제까지의 경험에 근거해 또는 자기의 관점에 근거해 돈과 힘이 있으면 사람을 무시하고 존중하지 않아도 된다는 생각이 몸에 배어 있는 듯 보인다. 그렇다면 이 사건은 국민에게 어떻게 받아들여졌을까. 각자 겪었던 억울한 경험이 떠오르면서 '내가 당한 것과 똑같다'는 감정을 불러일으켜 분노하게 된 것은 아니었을까.

니체는 인간은 자기 자신을 표현하고 전달하고 이해시키려는 욕구를 가지고 있다고 했다. 공통의 이해를 위해서는 체험 또는 경험을 공유해야만 하고, 그러한 체험을 바탕으로 한 경우에 사람들은 빠르게 상대방을 이해하게 된다고 한다. 그런데 땅콩회항 사건에서는 재벌 3세와 일반인 사이에는 공동의 체험이 없으니 상호 이해라는 것이 애당초부터 생길 여지가 없었다.

사건 발생 이후 항공사 내부에서 사건 내용을 축소하기 위하여 노력했다고 한다. 내부에서 누구라도 잘못을 인정하고 사과해야 한다고 직언했어야 하는데 소통 부재로 사건을 은폐하기 위해 잔재주를 부리다가 파장을 키웠다는 것이 언론의 논조였다. 조직 내에서 할 말을 잘 하지 못하는 분위기는 비단 이 회사만의 문제는 아니다. 소통이 잘 되었다면 합리적으로 해결할 수 있었을까? 그보다 소통이 가능한 조건은 무엇일까?

예전에 재벌기업에서 일하는 지인이 찾아왔다. 재벌 일가는 아니지만 회장을 측근에서 모시는 분이었다. 그분이 내게 이런 질문을 했다.

"우리는 유명한 판검사 출신 변호사들을 데리고 오는데도 늘 문제가 생깁니다. 왜 그럴까요?"

문제라는 건 정서적인 면과 법률적인 면에서의 문제를 가리킨다. 회장이 상식적이지 않은, 그러나 자신에게 이익이 되는 일을 하려고 할 때 우선은 법률적으로 문제가 없는지 알아볼 것이다. 그러면 한때 법조인이었던 사람들이 이렇게 말해줘야 한다.

"현행법상 문제가 없지만 나중에 문제가 될 수 있습니다. 그리고 국민 정서로 봤을 때 여론의 비난을 받을 수 있습니다."

그러나 실제로는 '법적으로 틀림없답니다'라는 답을 들을 가능성이 높다. 회사 내에 있는 법조인에게 물어보면 '법적으로는 문제가 없습니다'라고 답했을 것이다. 이 말이 두 단계만 거치면 전혀 문제가 없는 것으로 둔갑한다. 각자 윗사람이 듣고 싶은 이야기만 하는 것이다.

여기서 다시 니체의 견해를 보자. 니체는 자신을 이해시킨다는 것은 의사 전달자 간에 서로를 굴복시키고자 하는 힘들의 긴장 관계라고 보았다. 우리는 자신의 의사를 전달할 때, 항상 의사 전달 대상으로부터 동의를 얻고자 한다. 그것은 자신의 의지를 상대방에게 관철시키고자 하는 것이며 타자와 타자의 의지를 자신에게 동화시키려는 것이다. 의사를 전달받는 사람의 입장에서 보면 당연히 이 과정은 타자의 힘을 인정해야하는 고통스러운 억압의 과정이다. 그렇다면 정부나 기업에서 윗사람이 아랫사람의 충고, 충언을 쉽사리 받아들이지 못한다는 것과 아랫사람이 상사에게 간단히 자기 의견을 내놓는 것이 쉽지 않다는 것을 쉽게 알 수 있다. 윗사람이 아랫사람의 의견 또는 의지에 동화되려는 마음가짐이 있어야만 진정한 소통이 이루어질 텐데 이것이 우리 풍토에서 어디 쉬운 일인가.

물론 니체의 이론은 그의 '힘의 의지'라는 관점에서 소통을 분석한 것으로, 현실에서 선뜻 수긍할 수 없는 점도 있다. 그러나 소통이 일반적으로 생각하듯이 그저 부드러운 대화로써 이루어지는 것은 아니라는 점은 우리가 반드시 알아야 한다. 따라서 소통에 있어서는 소통 당사자의 경험과 체험이 중요하므로 경험과 체험을 어떻게 공유할 것인가를 대화 이전에 충분히 계획하고 전략을 세워야 할 것이다. 서둘러 소통하려 하기보다 공통의 경험을 찾고 거기서 출발하는 것이 좋다는 말이다.

예순다섯에 철이 났다

나는 불만이 많은 사람이었다. 나에 대한 불만보다는 다른 사람에 대한 불만이 컸다. 나는 해야 할 일이 있으면 새벽에 일찍 나오거나 밤을 새워서라도 해내는데 다른 사람은 그렇게 하지 않았다. 꼭 업무뿐 아니라 친구 사이에서도, 집에서도 자기 책임을 다하지 않는 사람에게 화가 났다. 나와 다른 사람은 신통치 않은 사람이었다. '잘하지도 못하면서 나처럼 안 해? 열심히 안 하니까 그런 거 아냐'라면서 사람을 멸시하고 나와 다른 사람에 대해서는 차등을 뒀다. 그러다가 예순다섯 살이 되어서야 철이 났다. 드디어 내가 별난 것이고 다른 사람이 보통이라는 건 알게 된 것이다. 아내에게도 '내가 이상한 놈'이라고 승복하고 말았다.

공기업 이사를 지냈던 것이 계기가 되었다. 당시 이사들은 장관 출신을 포함해 사회적으로 성공한 사람들이었다. 그런데 분명히 잘못된 줄 알면서도 말하지 않고 옳은 것을 알면서도 그것을 말하지 않는 게 자꾸 보였다. 그러다가 내가 이야기를 꺼내면 그제야 너도나도 '황 이사 의견에 동의한다'고 나섰다. 그러고는 '미리 좀 하지. 당신이 하면 나도 따라하지'라고 말한다. 모르고 그러면 그나마 나을 텐데 알면서도 이야기하면 손해 본다는 생각으로 입을 다물고 있는 거였다. 여기만 그런가 했는데 다른 기업의 이사로 가보니 그곳도 역시 비슷했다. 그냥 월급이나 받고 이사 명함이나 가질 생각으로 왔으면 거기에 충실하면 되는데 돌아서서는 자기처럼 애사심 있는 사람 없다는 식으로 말들을 했다. 사람이 자기이해에 충실한 것은 맞다. 그런데 너무 빤한 것들도 모른 척하고 넘어가니 인간에 대한 실망이 생겼다.

'아, 인간이란 게 이런 거야? 인간이 이렇게 급이 낮은가?'

그래서 종교에 관한 책을 읽기 시작했다. 그중에 가장 인상 깊게 읽은 책이 《달라이라마의 행복론》이다. 전 세계 인구가 70억인데 그들 모두의 마음을 바꿀 수는 없다. 그러니 자기 마음을 바꿔야 한다는, 요즘 10대들도 알고 있는 진리가 내 마음을 흔들었다. 가만히 따지고 보니까 행복하지 않을 이유가, 만족하지 않을 이유가 없었다. 좋은 집안에서 태어났고 지금도 두 시간쯤 걷는 건 가뿐하고 소주 두 병도 거뜬할 만큼 건강한 몸을 타고났다. 좋은 머리로 열심히 일해서 경제적으로도 아무 문제가 없다. 내가 여태까지 모르고 살아왔을 뿐 행복하게 잘 살아온 것이다. '이제 잘됐다, 알았으니까 죄 안 짓고, 남한테 해만 안 끼치고 살면 되겠구나' 싶었다.

그러면서 내가 사는 방식이 보통 사람들하고 많이 다르다는 것을 느꼈다. 전에는 내가 보통 인간이고 나머지가 모자란다고 생각했는데 다른 사람이 보통이고 내가 별나다는 쪽으로 변화가 된 것이다. 남들이 나처럼 안 하면 화가 났었는데 그게 아니었다. 나를 따라하는 사람이 이상한 사람이었다. 그러고 보니 "당신은 달라. 집안 좋고 머리도 좋고. 당신은 행복하잖아"라는 말을 많이 들었었다. 그런 이야기를 들어도 뭘 그러냐 했는데 그게 피부로 느껴졌다.

사실 어렸을 때는 내가 공부를 잘한다는 생각을 별로 하지 않았다. 돌아가신 형이 워낙 수재이기도 했고 다들 공부 잘하는 애들이 모인 학교만 다녔으니까 공부와 관련해서는 특별할 게 없었다. 판사 때는 내가 살아가는 방식만 옳다고 여겼다. '저렇게 할 거면 왜 판사 해?'라는 생각을 많이 했다. 권력에 비굴한 것도 보기 싫었고 부동산이며 주식이며 온갖 재테크에 정신없는 것도 싫었다. '저 새끼, 집안에 돈 쫌 있다고 우릴 우습게 봐?'라는 소릴 들었는데 사실이었다. 우습게 봤다. 일을 열심히 하고 내 책임은 졌으니까 나처럼 하지 않는 사람을 우습게 보지 않을 이유가 없었다. 훌륭한 사람들은 그렇게 하고도 겸손히 자기를 드러내지 않는데 나는 그 정도는 못 되어서 혼자 잘난 척하고 다녔다. 그렇게 살아오다가 '세상 사는 방법은 다 제각각이고 저렇게 사는 게 보통 인간이다'라는 결론에 이르게 된 것이다.

'이만큼 살면 만족한다.'

누군가는 '그 정도 살면 당연히 만족해야지'라고 할 수 있다. 맞는 말이다. 그런데 그렇지 않은 사람도 많이 본다. 평생 돈을 불리기 위해 살아왔고 그래서 돈을 모았으면 그걸로 만족하면 되는데 공록公祿*까지 먹으려다가 전 국민의 비웃음을 사는 사람도 적지 않다. 자기 돈도 적지 않으면서 그게 아까워서 회사 돈을 자기 돈처럼 쓰다가 구속되는 기업인도 있다. 내가 바꿀 수 없는 일들과 바꾸려고 시도하지만 성공을 자신할 수 없는 일들이 있긴 하다. 그래도 전반적으로는 만족하고도 남음이 있다.

내 사는 건 만족하니 되었고 다른 사람에 대해서는 '너는 너대로 살고, 나는 나대로 살자'라고 생각했다. 그랬더니 그전까지는 바보처럼 보이던 사람도 나하고 똑같아 보였다. 각자

● 나랏일을 하는 사람에게 주는 봉급

146

'자기 방식대로 사는' 똑같은 사람이라는 뜻이다. 그래도 살아온 습관이 있으니까 사람들과 거리를 두고 자주 대면하지 말자는 처방도 했다. 참 편하고 인생에 대한 만족도가 훌쩍 높아졌다. 당시 내가 많이 들었던 말이 이거였다.

"요새 좋은 일 있어? 왜 그렇게 싱글벙글이야?"

"아, 세상이 그냥 좋아."

나는 늙었다

나는 늙었다. 염색을 하고 있지만 백발이 된 지 오래다. 언젠가부터 후배들이 "형님, 왜 이리 늙었습니까"라고 말한다. 그러고 보니 알지 못하는 사이에 목에 주름이 쭈글쭈글했다. 나와 비슷한 또래로 보이는 사람이 너무 공손하게 대해서 이상하다 했는데 자주 있는 일이다 보니 이제는 안다. 내 마음속의 얼굴과 실제 내 얼굴에 상당한 차이가 있는 것이다.

얼굴만 그런 게 아니라 사회적으로도 그렇다. 7~8년 전까지만 해도 내가 열심히 활동하면 사무실 수입이 많이 올랐다. 지금 '내가 나서서 할 테니까 보고 있어봐. 일 열심히 해가지고 클라이언트도 많이 얻고 돈도 많이 벌어올게'라고 말하면 아마도 '해보시죠' 하면서 웃을 것이다. 육체적인 능력, 정신적인 능력은 괜찮지만 클라이언트가 부담스러워한다. 한참 어른이 니까 어려워서 말을 잘 못하는 것이다. 60대 때는 한두 군데 전화 걸면 일이 만들어졌지만 지금 전화하면 속으로 '어르신네, 아직 안 돌아가시고 잘 계시네요'라고 반응할 것이다. 변호사가 나이가 들고 연륜이 높아지면 직접 나서서 뭘 하기보다 후배들의 자문을 받고 상담해주는 역할로 바뀌어야 한다. 필드에서는 젊은 사람들이 뛰고 노인들은 경험을 제공해주어야 하는 것이다.

나는 이렇게 늙었는데, 무슨 조화인지 내 동창들은 전부 다 늙지 않았다. 동창회 같은 데서 누가 "우리가 늙었냐?" 물으면 꼭 연습한 것처럼 "안 늙었다"라는 대답이 이구동성으로 나온다. 늙지 않았다는 증거로 스마트폰 사용 능력을 과시한다. 간혹 세간의 이슈 같은 것을 공유해서 보는데 여기서 중요한 것은 그걸 스마트폰을 사용해서 보냈다는 것이다. 우리도 젊은 애들 쓰는 거 다 쓸 줄 안다고 자랑하고 싶은 것 같다. 그래놓고는 약속 잡을 때가 되면 전부 수첩을 꺼낸다. 나도 스마트폰으로 바꿨다. 평소에는 전화로만 쓰는데 외국여행 갈 때 아주 제몫을 한다.

미래를 생각하는 시간보다 과거를 회상하는 시간이 길어지면 늙은 거라고 했다는데 우리 노인들이 떠 그 모양이니. 늘 늙음을 부정하면서 모여서 하는 이야기라곤 까마득한 옛날이야기다. 만날 때마다 고등학교 때 싸움하던 이야기를 한다. 무려 60년도 더 된 이야기인데 어제 일처럼 얼마나 신나게 이야기하는지 모른다.

옛날이야기와 더불어 또 하나의 단골 주제가 '젊은 것들'에 대한 성토다. 자식들을 위해서 그렇게 노력했는데 다 컸다고 몰라준다며 서운해한다. 자식들을 위해서, 국가를 위해서 열심히 했다는 사람들이 많은데 솔직히 거짓말이다. 그냥 자기 일이니까, 자기를 위해서 열심히 한 것뿐인데 지나고 나서 그런 스토리를 만드는 것이다. 그래도 결론은 '우리 아들은 착한데 며느리가 못됐다'라면서 전부 남의 집 귀한 딸한테 잘못을 덮어씌운다.

요즘 젊은 것들은 게으르고 세상 탓만 한다는 이야기도 마르지 않는 주제다. 젊은 사람들도 앞뒤 없이 노인들이 세상을 이 꼴로 만들었다고 하니 피장파장이긴 하다. 이 부분은 젊은 사람들의 몫으로 남겨두고 나는 우리 또래들의 이야기만 하려고 한다. 나도 동창들처럼 젊은이들이 건방지고 편한 것만 하려고 한다고 생각했었다. 그러다가 이해를 하고 싶어졌다. 옳고 그름을 판별하자는 게 아니라 왜 그렇게 생각하는지 알고 싶어진 것이다. 워낙 호기심이 많은 성격이기도 하고 판사 출신이다 보니 이쪽 말만 가지고는 알 수 없으니 저쪽 말도 들어봐야 한다는 태도가 몸에 배어 있다. 이런 태도 때문에 아내한테 잔소리를 좀 들었다.

"다른 데서는 몰라도 내가 이야기할 땐 그냥 편 좀 들어주면 안 돼?"

어쨌거나 그들을 이해하기 위해서 20대에 관해 쓴 책을 많이 봤다. 그 중에서 특히 아파트라는 주거공간을 키워드로 해서 젊은 사람들의 생활을 다룬 《확률가족》이라는 책을 보면서 마음이 많이 아팠다. 젊은이와 그 가족들이 아파트 하나 장만하기 위해 노력하는 이야기는 피눈물이 날 정도였다. 나는 경험한 적이 없지만 우리 세대에게도 단칸 셋방의 고생담은 있다. 주거공간의 질만 놓고 비교하면 요즘은 그때에 비해서 호화롭기까지 하다. 그러나 우리 때는 다 그렇게 살 때고 경제가 막 성장할 때였다. 땅이든 집이든 사놓기만 하면 올라가기도 했다. 그런데 요즘은 아파트 하나 장만하는 것이 인생의 목적처럼 되었다. 아파트가 꿈꿀 수 있는 성공의 마지막이라고 생각할 정도다. 그것이 이뤄지지 않아서 생기는 가족 간의 불화를 보면서 눈물이 났고 많이 미안했다.

그러니까 자꾸 '우리 때는, 우리 때는' 하면서 젊은 사람들을 하대하지 말라는 얘기다. 무조건 그들에게 '우리가 어떻게 살았는데, 불평하지 마'라고 말하는 건 안 된다. 먼저 그들의 애정함을 알고 그들이 생각하는 것을 이해해주고 그들을 감싸줘야 한다. 어른이니까 그 정도 넓은 품은 있어야 하지 않겠나 싶다.

젊은이들에 대한 성토, 과거에 대한 집착은 늙음을 받아들이지 못하는 데서 오는 것 같기도 하다. 지나가는 다섯 살짜리 꼬맹이한테 '내가 아저씨다' 하면 애가 '에이~' 할 거다. 아저씨라고 불러주는 애가 없으니까 노인네들끼리 모여서 서로 아저씨라고 불러주고들 있는데 그런다고 젊어지지 않는다. 그냥 늙었다는 것을 당당하고 자신 있게 느껴야 한다. 늙음을 막을 방법은 없으니 받아들이는 수밖에 없다.

필요하다면 우리가 늙었다는 확실한 증거를 보여주겠다. 진짜 늙은 사람들은 자기가 늙었다는 이야기를 안 한다. 오히려 40대, 30대들이 20대 보고 요새는 늙어서 힘들다는 말을 한다. 아직 안 늙었다는 확신이 있는 것이다. 무슨 문제이든 그것을 받아들여야 대응 방법이 생긴다.

늙음의 대표적인 증상 중 하나가 외로워지는 거라고 한다. 사람이 나이 먹고 늙어갈수록 외롭고 허전해지는데 그걸 미리 알고 어떻게 견딜 것인가를 연구해야 한다. 젊은 사람들 성토할 시간에, 60년 전 이야기할 시간에 노인의 심리가 어떤지 공부하고 어떻게 하면 그것이 자기를 괴롭히지 못하게 할 것인가를 생각해두어야 한다. 그래서 대화의 주제도 같이 늙어가는 사람들끼리 인생의 깊이 있는 이야기가 되었으면 좋겠다. 순전히 내 바람이다.

쩨쩨한 사람, 피도 눈물도 없는 사람

　나는 쩨쩨하다는 말이 듣기 싫다. 쩨쩨하지 않게, 치사하지 않게 그리고 멋지게 살고 싶다. 그런 나인데 쩨쩨하다는 평가를 면전에서 들은 일이 있다. 사외이사라는 직함을 달고 있을 때였다.

　때때로 회식을 할 때가 있었다. 회식은 필요하다. 회의실에서는 하지 못하는 이야기도 할 수 있고 사람이 모인 거니까 친목 도모도 필요하다. 이게 내가 아는 회식의 목적이다. 이런 목적을 가진 회식이니 적당한 식당에서 하면 될 것 같은데 늘 호텔이었다. 주문하는 음식도 제일 비싼 거라야 했다. 술을 한 잔 한답시면 밸런타인 17년산이었다. 좀 싼 거 먹으면 안 되나고 하면 '에이' 하는 반응이 돌아왔다. 12년산으로도 충분하다고 하면 그래도 17년산이라고 했다. 그런 와중에 '쩨쩨하게 왜 그래?'라는 투의 빈정거림을 들었다.

판사로 일할 때도 내 봉급으로만 살았다. 개업을 했을 때도 치사하게 돈 가지고 이리저리 계산하기 싫어서 실적이 좋은 해에는 직원들에게 보너스를 듬뿍 주고 수입이 없을 때는 없다고 했다. 그런데 앞에서 언급한 분들은 회삿돈에 있어서는 경제법칙을 적용하지 않았다. 증거는 없지만 공록을 먹을 때도 그렇게 돈을 써버릇하던 사람일 것이다. 내 돈은 내 돈이라서 아끼고, 회삿돈은 회삿돈이라서 아껴 쓰는 걸 당연하게 생각했는데 그들은 그렇지 않았다. 그래서 내가 쩨쩨한 사람이 되었다.

판사로 있을 때 동료 법관들 중 일부가 재판보다는 돈 되는 일에 더 관심이 있었다. 지금은 그린벨트에 묶여 있지만 곧 해제될 것으로 지목되는 땅을 보러 다녔다. 사건의 진실을 알아내기보다 아직 알려지지 않은 돈 되는 기업에 대한 정보를 얻으려고 했다. 이렇게 땅을 사고 주식을 사면서 재테크에 열중했다. 누군가는 세상 물정도 모르는 내가 안쓰러워 몇몇 정보를 알려줬지만 나는 관심이 없었다. 본인의 최대 관심사와 내 관심사가 다르면 그러려니 하고 넘어가면 된다. 그런데 너는 왜 다르냐고 시비를 걸었다. 내 앞에서 말은 하지 않았지만 '그래, 너 혼자 백조처럼 깨끗하냐'라는 눈빛을 보냈다. 그래서 백조가 되었다.

나는 공군 법무관으로 군 복무를 했다. 집에서 출퇴근을 하던 때라 일과 후에는 고기도 많이 먹고 술도 많이 마셨다. 영등포에 있던 중앙면옥에서 고기를 산더미처럼 쌓아놓고 구워 먹었던 게 생각난다. 당시에는 소주에 활명수를 타서 먹는 게 유행이었다. 활명수의 단맛이 더해져서 쓴맛이 줄어드니까 마시기 편하고 소화도 더 잘되는 것 같았다. 그다음 유행은 탄산이 더 많이 들어간 가스활명수였다. 그러다가 오이를 썰어 넣은 오이소주를 마셨는데, 그것만 해도 당시에는 상당히 고급으로 쳤다.

그때는 공군복을 입고 있으면 어지간해서는 다 봐줬다. 사법고시에 늦게 합격한 바람에 한이 맺힌 사람은 종종 사고를 치곤 했는데 나머지 사람들은 아직 어리고 해서 조용히 술만 많이 마셨다. 나도 경찰에 괜히 한번 붙잡힌 적이 있었다. 사복을 입고 있었는데 군인이라는 감이 왔던지 불러세웠다.

"야! 너 뭐해?"

경찰이라고 함부로 반말하던 시대였지만 기분이 나빴다. 나이는 나보다 훨씬 많았겠지만 누구에게든 함부로 말을 놓으면 안 된다는 어머니의 가르침이 있었다.

"왜 초면에 반말입니까?"

"쪼끄만 게 까불어? 너 뭐야?"

나는 거리낌 없이 장교 신분증을 내보였다. 경찰은 곧바로 헌병대에 전화를 해서 "공군 한 놈이 행패를 부리니까 잡아가라"고 했다. 곧이어 한 건 해볼 기대감에 부풀어서 도착한 헌병들이 나를 보고는 경례를 붙였다. 공군 법무관 3년째여서 헌병들이 다 나를 알았다.

"황 중위님, 웬일이십니까?"

"나 피곤한데 집에 좀 가야겠다."

그러고서 헌병차를 타고 집에 갔다. 호랑이 담배 피던 시절의 이야기다.

내가 제대한 후 동창 중 하나가 내가 근무했던 부대에 들어가서 근무를 했다. 나에 대한 평가가 궁금해서 물어봤다.

"너더러 피도 눈물도 없는 놈이라고 그러더라."

그럴 리가! 그 시절을 생각하면 나는 상당히 온정 있는 사람이었다. 의리도 있고 괜찮은 사람이라 생각했던 터라 다른 사람들도 그렇게 생각할 거라고 기대했다. 그런데 그렇지가 않았던 것이다. 실망과 의아함을 가득 담아 "왜?" 하고 물었다.

"너, 공군 장교들 많이 구속시켰다며?"

사실이다. 내가 중위로 들어가서 대위로 나왔지만 그래도 군 검사니까 대령급들도 잘 대해주었다. 굳이 내칠 이유가 없어서 같이 바둑도 두고, 아무튼 다른 사람들이 보기에는 친하게 지냈다. 당시 공군에서는 기름을 훔치고 부식을 빼먹는 치사한 범죄들이 횡행하고 있었는데 나에게 잘해주던 대령급 장교들이 바로 '치사한 범죄자'였다. 헌병들도 거기 끼어서 같이 해먹는 구조였다. 그걸 알게 되어 구속을 시킨 것이었다.

다른 사례도 있다. 영창에서 가혹행위가 있다는 보고가 자꾸 들어오는데 증거가 없었다. 헌병대장이 참모총장하고 가까운 사람이어서 쉽게 조사할 수 있는 상황도 아니었다. 방법을 생각하다가 영창에 들어가 있던 군인 둘을 불렀다. "너희들 내보내줄 테니까 당한 거 불어라" 해서 또 관계된 사람들을 싹 잡아넣었다. '사람이 어떻게 저런 일을 할 수 있나'라는 생각만 있었지 사람 사는 세상이니 그런 일이 벌어질 수도 있다는 것은 몰랐다. 세상 돌아가는 것, 권력구조라는 걸 알았으면 못했을 일인데 갓 대학 졸업해서 뭘 모르니까 법대로 한 것이다. 그때의 일을 반성한다는 의미는 아니다. 다만 지나놓고 보니, 세월이 충분히 흐르고 나서 보니 '정의의 사도'는 실제로 존재한다기보다 내가 만들어낸 이미지가 아닌가 하는 생각이 들었다. 고백하자면 내가 특히 권선징악으로 결말을 맺는 서부영화를 좋아하는데 그 시절의 나를 서부영화의 주인공으로 기억해주길 바라는 마음이 있었던 것 같다.

내가 생각한 나는 원칙대로 살아온, 상당히 의리 있고 좋은 사람이었다. 그런데 사람들은 나를 쩨쩨한 사람으로, 고고한 척하는 사람으로, 피도 눈물도 없는 사람으로 평가했다. 하

긴 내가 이런 면에서 좀 늦되긴 했다. 예순다섯 살이 되어서야
내가 돌연변이라는 걸 깨달았으니 말이다.

내 노년의 스승, 아버지

몇 해 전에 형이 세상을 떠났다. 5남매 중 첫째로, 둘째인 나보다 세 살이 많다. 5년 전에 계단에서 떨어져 다쳤는데 뇌수술이 잘못되었다. 그때 병원에 가서 봤을 때는 얼굴이 피폐하고 도대체 삶의 의욕이 없었다. 낙천주의자인 나와 달리 형은 늘 인생을 비관하며 살았다. 소식을 듣고 미국으로 가는 비행기에서 걱정도 되고 두렵기도 했다. 그런데 막상 장례식에 가서 보니 오히려 마음이 좀 나아졌다. 영화에서 보듯 미국은 좋은 옷을 입히고 화장도 곱게 해서 살아있는 사람들이 마지막 인사를 하게 한다. 얼굴을 보니 근자에 보던 것보다 훨씬 밝았다. 얼굴을 만져보고 손을 만져봤다. 차가웠다. 돌아가시긴 했구나.

'평소에 늘 죽는다고 했으니 소원 성취한 거네, 형.'

고등학교 때 몸이 아파서 2년을 쉬었던 형은 서울대 정치학과 2학년을 다니던 중에 미국으로 갔다. 그 전까지는 매일 철학과 친구들과 술을 마시고 들어왔다. 친구들은 땡전 한 푼 없는 지방 출신들이라 늘 형이 물주였다. 어떤 때는 내게 돈을 꿔가기도 했다. 형의 주머니가 비어야 술자리가 끝나곤 했다. 어떤 날은 술 동무를 집에까지 데려왔다. 창성동 한옥에 살 때인데 사랑채에 형의 방이 있어서 아버지 몰래 들어오기 쉬웠다. 한창 사랑방에 드나들 때 나는 1학년이었고 하필 내 방도 사랑채에 있었다.

당시 형의 지갑을 털어먹는 것도 모자라 집에까지 와서 술을 마셨던 주요 인물은 채현국, 임재경 선배다. 채 선배는 풍운의 삶을 거쳐 현재는 효암학원 이사장으로 있고, 임 선배는 한겨레신문에서 부사장까지 했다. 둘 다 보통 사람은 아니다. 채 선배는 형과 같은 학번의 철학과 학생, 임 선배는 영문학과였다. 특히 채 선배는 아버지가 광산을 운영한다는데 만날 우리 형한테 술만 얻어먹고 엄동설한에 양말도 안 신고 다니는 등 통 부잣집 아들 티가 나지 않았다. 임 선배와 형은 낙산다방 앞에 있었던 막걸릿집에서 만났다고 했다. 공부하기 싫어서 아침 10시부터 막걸릿집에 들어가서 술을 마셨는데 임 선배도 늘 와 있더라는 것이다. 채 선배와는 어떻게 만났는지 모른다.

우리는 형의 친구와 친구의 동생으로 사랑방에서만 만났다. 이미 누가 무슨 말을 해도 고개를 끄덕이는 경지에 오를 만큼 만취한 형이 친구들 왔다고 나를 불러다 앉혔는데 나는 그때까지 술도 못 먹을 때였다. 친구의 동생이니까, 거기다 술 사주는 친구의 동생이니까 친절하게 대해줄 법도 한데 선배가 나를 보는 눈빛이 영 곱지 않았다.

"야, 너희 법률 하는 놈들 말이야…."

"법대 갔으니 출세해서 잘 먹고 잘 살아."

아마도 법대 들어갔다고 밥맛없는 놈으로 생각했을 것이다. 당시 좌파 입장에서 법조계로 간다는 건 이승만 독재 정권에 충성하러 가는 것이나 다름없었다. 나도 듣고만 있지 않았다.

"잘났어. 술이나 먹고 다니면 제일인가."

어떻게 사람이 아침부터 술을 먹고 다닐 수 있는가. 도저히 이해가 되지 않았다. 형의 돈과 몸과 시간을 축내는 사람들, 형을 못살게 구는 사람들이었다. 게다가 그중 하나는 철학과였다. 내 생각에 철학과는 사주나 보고 그러는 줄 알던 시절이니까 그들이 참 웃기지도 않는 사람으로 보였다. 요즘 말로 하면 보수꼴통과 진보좌파가 만난 거니까 견원지간이나 다름없었다.

당시에는 뭐 저렇게 사느냐 했는데 지금 생각해보면 참 신기한 사람들이다. 모범생이었던 나는 철학 같은 건 아예 놨고 그저 학교에서 가르치는 대로 열심히만 하면 되는 사람이었다. 그런데 그들은 나랑 고작 1년밖에 차이가 안 나는데 무슨 책을 읽고 무슨 생각을 했기에 사회의식을 갖고 데카당스 같은 허무주의를 알게 되었을까? 나는 그런 생각은 꿈에도 못 했던 때에 말이다.

어쨌거나 이렇게 이상한 사람들과 어울려서 대낮부터 술이나 먹고 다니는 아들이 예뻐 보였을 리 없다. 아버지는 대청마루에서 술 마시고 밤늦게 들어오는 장남을 향해 고래고래 소리를 질렀다. 형은 무릎까지 꿇고 다시는 안 그러겠다고 하고서는 또 술을 마시고 들어왔다. 영민한 형은 아버지의 사랑을 독차지했지만 그만큼 아버지의 꾸지람도 많이 들었다.

형이 술을 마시지 않고 일찍 들어왔다면 아버지의 꾸지람이 없었을까. 확신할 수 없다. 형은 고등학교 때부터 아버지에게 '당했다'. 형이 제일 많이, 가혹하게 당하긴 했지만 우리 형제들 모두 아버지에게 당했다. 공부를 못하면 못한다고, 잘하면 건방지다고 야단을 맞았다. 형은 너무 착해서 야단을 맞고, 나는 잘난 척한다고 야단을 맞고 동생들은 너무 순하다고 야단을 맞았다. 아버지는 누구든 걸리기만 하면 트집을 잡았다. 나는 아버지가 틀렸을 땐 틀렸다고 말하는 바람에 '못됐다'는 죄목까지 추가되었다. 트집 잡는 때가 보통은 식사 시간이었다. 어머니는 야단치는 사람, 야단맞는 사람, 가끔 대드는 사람이 한자리에 모이는 식사 시간을 싫어했다.

형이 미국으로 간 것은 아버지로부터의 도피였다고 생각했다. 그런데 나중에 보니까 형이 아버지를 그대로 닮아 있었다. 자기 자식들은 물론이고 형제들에게도 야단을 쳤다. 유전인지 뭔지 몰라도 참 희한한 일이다.

아버지는 이북에서 농부의 아들로 태어나 자수성가한 사람이다. 내가 태어났던 1939년에 지금의 행정고시 격인 고등문관 시험*에 합격했다. 해방 이후 월남해서 1947년, 초대 정부 수립 때 법제처 국장으로 관직을 시작했다. 관직을 그만두고서는 법령집을 내는 출판사를 해서 돈을 많이 벌었다. 나중에 변호사 개업을 해서 공증업무를 주로 했는데 당시에는 행정과에 합격하면 변호사 자격을 주었다.** 45세 이후로 공증전문 법률사무소에 나가셨지만 대부분의 시간을 특별히 하시는 일 없이 집에만 계셨다. 돌아가실 때까지 40년을 친구도 안만나고 책만 보면서 사회와 멀어졌다. 집 안에서 아버지는 전지전능한 폭군이었다. 미국에서 1년 동안 머물렀던 나보다 미국을 더 잘 안다고 생각했다. 세상의 변화는 받아들이기보다배척했다. 당신이 아는 것이 세상의 전부이고 그래야만 했다.

* 1894년부터 1948년까지 고등 문관을 선발하기 위하여 실시하던 자격시험
** 고등 문관 시험의 본시험인 사법과와 행정과는 나중에 행정과로 통합되었다.

내가 사법고시에 합격했을 때였다. 당신은 3년 동안 고생고생 공부해서 합격했는데 아들은 단번에 합격했으니 기특할 만도 할 일이다. 자식을 키워보니까 나라면 업고 다녔겠다 싶다. 그런데 아버지는 고생했다는 빈말도 없었다.

"넌 한 번에 합격해서 실력이 없다."

당신은 3년이나 공부를 했으니 많이 안다는 것이다. 지금 같으면 내가 먼저 '아버님 덕분에 빨리 합격했습니다'라고 말할 수 있을 텐데 스물두 살 때니까 그런 여유가 없었다. '나처럼 못하는 놈이 바보지'라고 자만하던 때였다. 저만 잘났다는 내 태도가 좀 서운하기도 했을 것이다. 판사가 된 다음에도 사사건건 나를 학생처럼 대했다. 술을 마시고 들어오면 판사가 공부를 해야지 허송세월을 하느냐고 야단을 쳤다. 현직 판사에게 "너는 나보다 법률을 모른다. 네가 뭘 아느냐"라고 하셨다.

한번은 이런 일이 있었다. 법관 4년차에 명륜동에서 살 때였다. 아버지와 매일 함께 나와서 사무실이 있는 을지로에 내려드리고 나는 법원으로 출근을 했다. 하루는 아버지가 웬일로 내게 질문을 하셨다.

"이건 어떻게 되는 거야?"

"간단합니다. 추완항소 하면 됩니다."

민사소송에서 항소는 통지받은 날로부터 2주 이내에 하게 되어 있다. 그런데 어떤 사람이 통지를 못 받아서 2주를 넘거버렸다는 것이다. 그럴 때는 기간이 지났지만 일단 항소장을 제출한다. 그러면 법원에서 왜 늦었는지 당사자를 불러서 심문을 하는데 이사를 갔다거나 해외에 있었다는 증빙서류를 제출하면 항소를 인정한다. 이걸 추완항소라고 하는데 그렇게 복잡한 것도 어려운 것도 아니다. 그런데 벌컥 화를 내셨다.

"어떻게 그렇게 간단하게 판단해. 왜 이렇게 경솔해."

사무실에는 아버지 또래, 나보다 30년 선배들 5명이 있었다. 그들이 며칠씩 이야기를 해도 결론을 못 낸 것을 내가 듣자마자 당장 대답한다고 화를 내셨다. 계속 역정을 내서 한발 물러섰다.

"저도 들어가서 다시 보겠습니다."

다시 볼 생각은 물론 없었다. 아마 처음이었던 것 같은데, 저녁에 퇴근해서는 동료들이 황 판사 말이 맞다고 했다면서 사과를 하셨다. 나는 얼른 아버지가 실무를 안 해서 그런 거라고 말했다.

어머니가 돌아가신 뒤에 하루에 두 번씩 헬스클럽에 다니셨다. 거기서 만난 사람들이 아버지에게 체력도 좋고 생각도 진보적이라는 칭찬을 많이 한 모양이다. 그러다가 누군가 과도한 립 서비스를 했다.

"그런 생각은 신문에다 기고를 하셔도 되겠습니다."

그 말을 듣고 칼럼을 써야겠다고 결심하고는 신문사 주간으로 있는 내 친구에게 말을 넣어달라고 하셨다. 그런 거 친구한테 부탁하는 거 아니라고 몇 번 거절을 했는데 끝내 나 몰래 친구를 만나셨다. 아버지의 칼럼은 한동안 친구의 책상 서랍에 있다가 사라졌을 것이다. 내가 읽어본 적은 없지만 시의성도 없었을 거고 신문에 실을 만한 이야기도 아니었을 것이다. 매일 신문을 기다리던 아버지는 신문에서 당신 이름 찾는 걸 포기하시고는 화를 내셨다.

"그 친구도 못 믿을 사람이구만."

"아버지 나이쯤 되면 요새 젊은 사람들에게는 을지문덕 이야기나 같습니다."

웃으면서 말씀드렸는데 웃지 않으셨다. 아직까지 신문사에 있는 친구는 자기 이야기를 실어달라고 오는 또래들 때문에 곤욕스럽다고 한다.

나는 운이 좋아서 아버지가 늙어가는 모습을 가까이에서 봤다. 그래서 70대가 어떤지, 80대가 어떤지 미리 볼 수 있었다. 그때는 싸우고 거역하고 사이가 나빴는데 지금 보면 좋은 스승이 계셨던 것이다.

아버지는 젊은 사람들의 생각을 도저히 이해하지 못했다. 살아온 세대가 다르니 얼마든지 그럴 수 있다. 그러면 이해하려는 시도라도 해봐야 하는데, 젊은 놈들 생각은 다 틀렸다고 결론 내렸다. 그러면 가르칠 일밖에 남지 않는다. 그릇된 생각을 바로잡아 주려고 한마디 하면, 예전에는 먹혀들었는데 이제는 반론을 편다. 예전에는 동의하지 않아도 고개를 숙이는 맛이라도 있었는데 이제는 아예 무시하기도 한다. 싸움을 걸어도 대응을 하지 않는다. 나도 아버지가 내 보호 아래 있을 때는 '시비'를 거셔도 슬슬 뺐다.

'늙었다고 나를 무시해? 내가 아직 건재하다는 걸 보여주지.'

이런 마음을 가지셨던 것 같다. 무엇으로 건재함을 증명할 것인가. 체력이 안 되는 건 확실하다. 그동안 새로운 지식을 습득하지 않았으니 자신이 알고 있는 건 지금 세상에는 별 쓸모가 없다. 그러니 지식으로도 안 된다. '인생의 지혜'를 알려주려니 귓등으로도 듣지 않는다. 결론은 돈으로 갔다. '너희들이 그렇게들 좋아하는 돈을 왕창 벌어서 나의 건재함을 보여주겠다.' 그러다가 꽤 많은 돈을 날리셨다.

우리나라에서 아버지가 늙었다고 무시하는 사람은 없다. 자식들은 다 아버지와 잘 지내고 싶어 한다. 어릴 때라면 몰라도 자기 자식 낳아서 길러보면 아버지의 자리가 어떤지 안다. 고맙기도 하고 같은 아버지로서 공감도 된다. 그래서 좀 친해지려는 노력을 해보는데 쉽지가 않다. 아버지와 있으면 피곤한 것이다. 만나기만 하면 그 내용을 잘 알지도 못하면서 자기 잣대로 판단하고 그것이 옳은 것처럼 가르치려 드는 사람, 듣지는 않고 자기 말만 하려는 사람과 가까이 있고 싶은 사람은 없다. 우리 아버지도 그랬다. 애들 차 태워서 학교 보낸다고 과보호라고 하시고 우리 집을 처음 지을 때는 화장실이 두 개라고, 전에는 15명이 살아도 화장실 하나로 충분했다고 하시면서 화를 내셨다.

친구들에게서 아버지의 모습을 발견할 때가 있다. 이해는 되는데 안타깝다. 다 그런 건 아닐 테지만 아버지를 일찍 여의거나 가까이서 모시지 않은 친구들은 나랑 많이 다르다. 그 친구들은 본인이 70대, 80대가 되어도, 간접으로도 경험한 적 없는 70대 노인이 많이 낯설 것이다. 80대는 더 낯설고 당혹스러울지 모른다. 미리 공부해두면 좋고, 좀 늦었더라도 공부를 하면 좋다.

외로움, 쓸쓸함, 허전함 같은 것이 허물없는 친구인 양 불쑥 찾아올 때가 있다. 그러면 그때 아버지도 이랬겠구나 생각한다. 환갑이 지나서 종교서적과 더불어 자기 수양에 관한 책을 읽으면서 아버지를 이해하게 되었다. 아버지 덕분에 당신은 하지 않은 늙는 것에 대한 공부를 했다. 그래서 70대가 그랬던 것처럼 80대도 낯설지만은 않다.

피자도 음식이고 미니스커트도 옷이다

70년생 딸이 있다. 성질이 깔끔하고 독하다고 할까, 나를 가장 많이 닮았다. 웬만한 남자는 눈에 안 차는지, 아니면 결혼 생각이 아예 없는지 아직까지 우리와 같이 살고 있다. 셋이 같이 다니면 좋다. 시집을 가면 가는 거고 안 가면 안 가는 거다. 딸의 결혼 여부는 내게 전혀 걱정거리가 아니다. 그런데 적극적으로 근심거리를 찾는 내 친구들은 그렇지 않은가 보다. 남의 딸 결혼에 참 관심이 많다. 아빠가 못살게 굴면 시집간다면서 얼른 결혼시키라고 한다.

"그렇게 갔다가 돌아오면 어떡하냐?"

"그다음에는 네 책임이 아니야."

내 딸은 사람이다. 결혼을 하든 하지 않든 자기가 결정할 일이지 내 책임은 아니다. 설사 내 책임이라고 해도 그 책임을 면하자고 괴롭혀서 시집을 보낸다면 그건 사람을 동물처럼 취급하는 것이다.

자식들 야단치고 스파르타식으로 양육하려 했던 아버지 덕분에 애들한테 이래라저래라 말을 하지 않았다. 잘잘못에 대해서도 말을 아꼈다. 모든 것은 상대적이다. 절대 진리를 믿지 않는다. 이것도 맞고 저것도 맞고, 이것도 틀리고 저것도 틀리다. 그러니 부자지간에도 이래라저래라 해서는 안 된다. 그냥 똑같이 사람으로 대하면 된다.

아들이 초등학교 4학년 때 도발적인 질문을 했다.

"아빠, 나는 왜 내 마음대로 못 해?"

아동심리학을 보면 그 나이대가 부모의 이야기를 자기 나름으로 판단할 때라고 한다. 심리학 책을 봐서라기보다 어려도 자기 마음이 있는 거고 그 마음대로 하는 싶은 것은 당연하다고 봤다. 한편으로는 '내가 내 마음이 있는 것처럼 아빠라는 사람도 자기 마음이 있구나'라고 생각하기를 기대했다. 나는 이렇게 대응했다.

"그래. 그러면 네 마음대로 해라. 나도 내 마음대로 할게."

한참 생각하더니 말했다.

"관둬요."

둘 다 자기 마음대로 했을 때 자기가 불리한 게 많다는 판단을 했을 것이다.

우리 사회는 초등학생뿐 아니라 청소년도 독립적인 사람으로 봐주지 않는 것 같다. 통제의 대상일 뿐이다. 부모, 학교, 학원의 막강한 동맹이 주체적 인간으로 성장하는 시기를 반항기라고 명명하고 억압한다. 학생들에게는 오로지 공부만이 권장된다. 운동도 친구도 공부에 방해되지 않을 정도까지만 허용된다. 취미도, 특별히 관심 있는 분야의 공부도 학교 공부를 다하고 해야 한다. 학생들이 무엇을 좋아하는지는 중요하지 않다. 그러면서 머리 모양을 단속하고 교복을 입히고 화장을 금지했다. 이 모든 통제는 모두 학생들을 위한 것이라고 어른들끼리 합의했다. 여기에는 청소년과 학생만 있지 사람은 없다.

내 머리 내가 좀 기르겠다는 게 뭐가 문제인가, 어른들이 보기에 이상하든 말든 내 마음대로 좀 입겠다는데 뭐가 문제인가. 내가 늘 하는 이야기가 판사는 재판받는 사람 입장을 생각해야지 재판하는 사람 입장에서 생각해서는 안 된다는 것이다. 똑같은 것이다. 규제를 당하는 학생 입장에서 생각을 해야지 규제하는 사람 입장만 생각하면 안 된다. 오래전부터 해오던 거라 규제라고 생각하지도 않는 것 같다. 언제 학생들에게 물어본 적이나 있던가. 체벌을 부활시켜야 한다는 이야기까지 나오는데 사람을 때리면 안 된다는 건 이미 오래진에 인류가 나쁘다고 결론을 내린 것이다.

나에게도 웃기지도 않은 경험이 있다. 고등학교 3학년 때였다. 장발은 없었으나 졸업을 앞둔 3학년들은 머리를 조금 길게 기르는 것이 유행이었다. 학교에서는 짧게 깎으라고 했지만 졸업반이 말을 들을 리 없다. 선생이 수업시간에 자르려고 해도 요리조리 도망을 가버리니까 두발 단속은 번번이 실패했다. 보통 3학년들에게는 이 정도로 하고 마는데 당시 교장선생님의 두발 단속 의지가 강했던 모양이다. 시험시간에 기습적으로 들이닥치니까 도망도 못 가고 당하고 말았다. 선생들은 이마 위부터 가마까지 바리캉으로 딱 한 번 쭉 밀어올렸다. 그러니 모든 학생들이 서부영화에 나오는 인디언 같은 머리 꼴을 하게 되었다. 말로만 해서 그렇지 실제로는 정말 기괴하고 웃기고 당사자로서는 환장할 장면이다.

그러나 두발 단속에 대한 의지는 강하고 실행은 단호했으되 안이한 판단이었다. 우스꽝스럽게 깎아놓으면 나머지는 알아서 깎을 거라고 생각했던 모양인데 오판이었다. 나를 비롯해 많은 학생들이 선생들이 만들어놓은 머리를 그대로 유지했다. 학교 밖에서는 모자를 쓰니까 창피할 일도 없다. 강력한 조치에 순응해야 할 학생들이 그대로 있으니 괴로운 것은 선생님들이었다. 왜 나머지 머리를 깎지 않느냐고 했지만 우리는 '이발할 돈이 없다'며 맞섰다. 결론이 어떻게 났는지 정확하게 기억나지 않지만 몇 주 지나면서 흉하지도 않게 되어서 학교나

학생이나 어물어물 넘어갔던 것 같다.

그때가 무려 60여 년 전인 1957년 12월이었는데 내 손자도 이런 규제 때문에 외국에서 고등학교를 다니게 되었다. 반세기가 넘는 동안 학생들에 대한 규제는 무지막지하고 일방적이다. 학교뿐 아니라 타인의 행동을 규제하고 싶은 욕망은 여전하다.

내 친구들은 성인 여성이 입고 다니는 미니스커트를 보면서 한국의 미래를 걱정한다. 내가 "자기가 입고 싶으면 입는 거지"라고 하면 그래서 불미스러운 일이 생기고 어쩌고 한다. 근거도 없이 그러는 게 싫다. 차라리 솔직하게 말하면 좋겠다. '나는 미니스커트 입은 게 보기 싫다'고 말이다. 세상 사람들이 다 내가 보기 좋은 꼴을 하고 다닐 수는 없다. 보기 싫으면 고개를 돌리면 되는데 굳이 근거 없는 이유를 갖다붙여서 비난을 한다.

"요새 후배들은 저녁 먹자고 해도 안 먹습니다. 우리 판사 할 때만 해도 원장님이 저녁 낸다고 하면 집에 전화하고 어디 전화하고 해서 다 약속 취소하고 갔잖아요."

한 후배 판사의 푸념이다. 판사 사회의 일만은 아니다. 우리만 당하고 살았다는 선배들의 하소연은 흔하다. 기성세대들은 어른이 이야기하면 집단적으로, 일사불란하게 따랐다. 그리고 자기 아랫세대들도 그렇게 해주기를 바란다. 노인일수록 이런 인식이 강하다. 반면 젊은 세대는 프라이버시를 중요하게 생각한다. 나이가 어릴수록 개인주의 성향이 강하다. 이걸 받아들이지 못하는 노인들은 '요새 애들은 틀려먹었어. 세상이 어떻게 되려고'라며 한탄한다. 세상을 걱정하는 노인들에게 한마디 하면, 안심해도 된다. 우리나라보다 훨씬 프라이버시를 중요하게 여기고 개인주의적인 서양의 여러 나라들이 건재하다. '요새 애들은 저렇구나. 나랑 다르구나' 해야지 선과 악의 대결구도로 가면 화날 일밖에 없다.

　어떻게 보면 노인들에게 가족이 없다. 꼭 같이 살지는 않더라도 자주 연락하고 살갑게 지내면 서로서로 좋을 텐데 쉽지가 않은 모양이다. 아들이 부모를, 특히 아버지를 싫어해서 그런 것일까. 아니다. 다들 아버지와 사이좋게 잘 지내길 바란다. 다만 잔소리하고 훈계하는 사람이 싫을 뿐이다. 피자는 음식이 아니며 설렁탕만이 음식이라고 우기는 사람과 가까이하고 싶지 않은 것이다.

　나이 든 사람의 눈에는 세상이 양에 안 찬다. 특히 아들딸은 더 그렇다. 기저귀 차고 똥 싸던 것들이니까. 그런 것들을 키웠으니까. 그래서 걱정이 되어서, 잘되라고 그런다면서 자식을 못살게 군다. 그런 마음이 드는 건 어쩔 수 없더라도 수양을 해서 자제를 해야 한다. 안 그러면 나이 든 사람의 나쁜 버릇이 나오게 되어 있다.

법조인의 엘리트 콤플렉스

전국 고등학교에서 1등 하는 학생들을 모아서 시험을 치면 꼴등 하는 애가 나온다. 그러면 이 꼴등 한 친구가 '내가 여기서는 꼴등이지만 전국 석차는 1퍼센트 안에 든다'라고 생각할까. 그렇지 않다. 이 친구는 꼴등이라는 자괴감에 시달릴 것이다. 판사 사회가 딱 그렇다. 어디 시골 군에서 사법고시에 패스하고 판사가 된 사람이 나오면 마을잔치를 한다. 판사님의 부모는 어디 가도 대접을 받고 삽시간에 지역 유지가 된다.

부모가 기뻐하고 있을 때, 아들은 시간이 갈수록 시름이 깊어진다. 밖에서 볼 때는 다 같은 판사지만 안에서는 다르다. 서울에서 태어났느냐, 집안은 어떠냐, 명문대냐 시방대냐, 몇 살 때 합격했느냐 등에 따라 끼리끼리 뭉쳐서 비교하고 시기

한다. 형의 친구들인데 나보다 늦게 패스한 사람들이 있다. 친구 동생이니까 이름을 부르기는 하는데 무척 조심스러워했다. 자기보다 어린데 서열상으로 위니까 만나기 불편해하는 것이다. 그러니까 자연스럽게 늦게 합격한 사람들끼리만 모인다. 어쩌다가 밖에서 만나면 웃으면서 농담인 듯 진심을 말했다.

"너희들은 엘리트, 우리는 노리트. 아무튼 소년등과小年登科• 한 새끼들 보기 싫어 죽겠다."

늦게 합격했다고 '늙을 노' 자를 붙여 노리트였다. 솔직히 그들의 마음을 알지 못한다. 박탈감이나 열등감이 컸을 것 같기는 하지만 내가 직접 경험해보지 못한 감정이다. 자기가 나온 지방 사립대 출신의 판사는 고작 한두 명에 불과한데 거기다 늦기까지 했다. 그런데 서울대 출신에 소년등과한 것들이 판을 치니까 속으로는 더럽고 치사했을 것이다. 그런 사람일수록 돈은 있으나 사회적 지위가 없는 사람들과 많이 어울렸던 것 같다. 판사라고 으스댈 수 있고, 판사 친구라고 으스댈 수 있으니 서로의 욕구가 맞아떨어진다.

시간이 좀 지나면 필연적으로 좌절하는 판사들이 생긴다. 40대 초반쯤 되면 지방부장에서 고등부장으로 승진할 기회가

●   어린 나이에 과거에 급제함. 여기서는 대학 재학 중 사법시험에 합격한 것을 뜻한다.

생기는데 국장급에서 차관급으로 올라가는 것이다. 그런 자리가 충분할 리 없으니 승진에서 누락되는 판사가 많다. 그러면 거의 나간다. 나가서 변호사 하면 되지 뭐가 걱정이냐고 하겠지만 판사 사회의 분위기는 다르다. 무엇보다 어렸을 때부터 신동 소리를 듣고 자란 사람들이다. 또래에서 늘 선두그룹에 있던 사람들이 어쩌면 처음으로 좌절을 맛보는 것이다.

승진에 관심 없는 사람이 있을 수 있지만 그래도 버티기가 어렵다. 승진을 못하고 있으면 그 밑으로 들어오는 판사들이 우습게 본다. 주변에 있던 사람도 떨어져 나간다. 그렇게 보이지 않는 압력에 시달리다가 사표를 낸다. 여기에는 본인 스스로 만들어내는 압력도 많다. 속된 말로 어렸을 때 실패를 경험하고 자라온 사람은 자기 깜냥을 안다. 그런데 신동들은 다르다. 주위 모든 사람들에게 대단하다는 말을 듣고 살았다. 초중고의 성적표가 그것을 증명했고 좋은 대학이 한 수 거들었으며 사법고시 합격으로 완전히 입증되었다. 늘 대단했기 때문에 자기가 부족해서 승진이 되지 않았다는 생각은 추호도 하지 않는다. 원인은 세상이다. 이렇게 대단한 자신을 세상이 몰라줘서 그렇다며 불평을 한다. 분명히 자기보다 못한 게 분명한 놈이 먼저 승진을 하면 비참하기까지 하단다.

세상을 이렇게 보니까 판사 사회 밖을 볼 때도 괴롭다. 가수가 노래를 잘하면 기분 좋게 들으면 된다. 노래를 못하는데도 인기가 있으면 요즘 사람들 취향은 다른가 보다 하면 된다. 김연아의 연기를 보고서 잘한다고 생각되면 박수를 치면 되고 아니면 안 보면 그뿐이다. 그러나 이들의 성공을 그대로 받아들이지 못한다. 별로 머리도 안 좋은 놈들이, 안 해서 그렇지 내가 하면 훨씬 더 잘할 수 있다는 식이다. 물론 입 밖으로 꺼내지는 않는데 그런 분위기가 있다.

내가 그만두고 난 후, 내 사표를 쥐고 있었던 고등법원장이 이런 고민에 빠졌다. 매번 일순위로 거론되기는 하는데 번번이 대법관 승진에서 누락되고 있었다. 상당히 실력 있는 분이 자꾸 떨어지니까 개인적으로 무슨 결함이 있는 게 아닌가 하는 설도 나돌았다. 이분을 만나기만 하면 "야, 이거 참. 내가 그만둬야 하나, 말아야 하나"라면서 한탄하셨다.

"괜찮으세요?"

"미치겠어, 아주."

"그만두시죠."

"글쎄, 미련이 있어서…."

꽤 오래 버텼는데 결국 대법관이 되지 못하고 변호사가 되었다. 일찍 그만두면 두 가지가 좋다. 하나는 사람들이 계속 있었으면 대법관도 되고 대법원장도 되었을 거라고 말해주니 좋다. 또 하나는 계속 있었더라도 지금쯤 속이 말이 아닐 텐데, 승진 스트레스 안 받고 지금까지 건강하게 살아 있으니 좋다.

요즘 판검사의 인기가 예전 같지 않다. 우리 때만 해도 부 잣집 사위로 들어가는 일이 많았다. 어떤 재벌가는 사위들을 판사와 검사로만 채우기도 했었다. 지금은 돈만 주면 잘나가는 변호사를 쓸 수 있으니까 일부러 판검사를 사위로 삼으려 하 지 않는다. 판검사의 위상이 예전 같지 않은 데 대한 좌절감도 있다고 들었다.

　　유명한 실화가 있다. 대학 입학 때까지는 정말 잘나가던 선배였다. 그런데 결혼을 하고 애들이 생길 때까지 고시를 패스 하지 못했다. 그러니까 애들이 엄마가 울기만 하면 "엄마, 아빠 또 떨어졌어?" 하더라는 것이다. 그 말을 듣고 포기했다고 한 다. 이후 공기업에 입사했는데 부사장까지 올라갔다. 그 자리 라고 스트레스가 없었겠는가마는 그 선배에게는 잘된 일이다.

　　한번은 변호사가 된 뒤 얼굴이 부쩍 밝아진 전 고등법원장 이 돈 좀 벌었다면서 그 전까지 나한테 얻어먹었던 걸 갚겠다 고 했다.

　　"니, 내 밥 한번 묵어봐라. 내가 그때 당신 말을 들었어야 하는데, 변호사 하니까 좋아. 역시 당신 같은 사람이 보는 눈이 있어."

　　판검사의 위상이 떨어진 만큼 변호사도 많이 힘들다고 한 다. 우리가 자초한 측면이 있지만, 힘든 건 힘든 거다. 그러나 변호사가 돈을 많이 벌겠다는 마음만 내려놓으면 제일 좋은 직업이다. 맡고 싶지 않은 사건은 맡지 않으면 된다. 남들 놀 때 안 놀고 공부만 한 것에 대한 보상심리로 돈을 많이 벌려고 한다는데, 꼭 그렇지만도 않은 것 같다. 집도 잘살고 경제적으로 여유가 있는 사람이 악착같이 돈을 벌려고 하는 경우도 많다. 변호사의 프라이드나 윤리는 나처럼 철없는 사람들이나 생각하는 것이다. 그래서 고시 합격할 때까지의 출세 스토리는 있는데 판검사 된 다음의 성공 스토리는 없다. 물론 나도 없다. 다들 남들 하는 대로만 한 것이다.

변호사가 피겨스케이트를 한다면 김연아 선수에 비하면 연습생조차 못 된다. 변호사가 야구를 한다면 동네 사회인 야구단에서도 후보선수다. 돈을 벌어서 행세하고자 하면 재벌 회장까지 갈 것도 없이 중소기업 사장이 봐도 웃는다. 그들에 비하면 아무것도 아닌 존재라는 얘기다.

돈으로 출세하려고 하면 변호사는 고단하고 치사한 직업이다. 여기저기 굽실거려야 할 데가 많다. 그러나 법률가의 프라이드로 일하면 편안하게, 치사하지 않고 멋지게 살 수 있는 직업이 변호사다. 변호사는 법조인으로서의 프라이드를 가지고 살아야 하는 사람이다. 그런데 법률 지식으로 사람들에게 서비스한다는 마음이 없다. 스스로 말하는 대로 변호사가 공익의 대변자이고 국민을 위해 일한다면 지방에 가서 조그마한 사무실 하나 얻어서 개업하면 된다. 옆집 할머니가 '경찰서에서 오라는데 같이 좀 갑시다' 하면 한 시간에 얼마를 받든지, 아니면 쌀이라도 받든지 하면 된다. 국민을 위해 살아도 굶어 죽지는 않는다.

3부

나를 찾는
평생의 탐구

나를 소개하는 소소한 이야기들

초등학교 5학년 때 전쟁이 났다. 그 이듬해 이리저리 피난 다니던 중에 역사 교과서 하나를 얻어서 계속 그것만 읽었다. 거기서 대원군과 민비가 싸우는 걸 보면서 답답했다. 왜 그렇게 싸웠을까, 힘을 잘 뭉쳤으면 나라도 안 뺏기고 전쟁도 안 나고 잘 살았을 텐데. 오랫동안 의문과 답답함을 가지고 있었다.

고등학교 1학년 때 집에서 숙식하는 영어 가정교사가 있었다. 내가 다니던 학원의 강사였는데 실력이 있다고 해서 모셔온 것이다. 이분이 당시 스물일곱 살이었다. 여러모로 바쁜 나이여서 매일 집에 늦게 들어왔다. 저녁에는 선생이 없고, 낮에는 내가 없었다. 그래서 새벽에 공부를 했다. 당시 선생님과

내 방은 2층에 있었는데 난방이 안 됐다. 경유 난로 하나로 난방을 대신했다. 겨울에는 4시에 일어나서 난로를 피우고 한 시간쯤 데운 다음 5시에 깨워서 공부를 했다. 중요한 건 깨운 사람이 선생이 아니라 나였다는 것이다. 난로를 피운 사람 역시 나였다. 그가 결혼한 다음에도 만났는데 자기 부인에게 나를 이렇게 소개했다.

"내가 가정교사 많이 했지만 학생이 선생 깨워서 공부한 건 저놈이 유일하다. 황주명이 저놈 보통 독한 놈 아니야."

입체기하라는 수학과목이 있었다. 그 과목 선생님이 늘 애들을 못살게 굴고는 했다. 반에서 좀 노는 애들이 항의의 표시로 백지 시험지를 내자는 의견을 제시했다. 반장이었던 나도 동의했다. 그런데 막상 시험지를 받고 보니 문제가 너무 쉽게 나왔다. 누구나 쓸 수 있는 수준이었다. 아마도 선생님과의 소통을 중요하게 생각하는 친구의 제보가 있었을 것이다. 일순간 백지동맹은 혼란에 빠졌다. 시험시간이라 자유로운 토론이 불가능했다. 결국 백지를 낸 사람은 나 하나였다. 나만 선생님께 불려갔다.

"왜 백지냐?"

"몰라서 그렇습니다."

"네가 이걸 모를 리가 있어?"

"정말 몰라서 백지를 냈습니다."

선생님은 나를 나쁜 놈이라고 했다. 성적표를 받아보니 80점을 주었다. 내가 수학은 정말 못했는데, 제대로 시험을 쳤으면 80점도 못 받았을 것이다.

이후 백지동맹을 선동했던 친구에게 별 이야기하지 않았다. 반장을 하려면 노는 애들과 '불가근 불가원不可近不可遠'을 원칙으로 해야 한다. 이 친구들이 괜히 애들 괴롭히고 그랬는데 주로 지방에서 온 애들이 대상이었다. 경기고 학생들 대부분은 서울에서 자란 경기중 출신인데, 그들 외에 지방에서 온 친구들이 간혹 있었다. 참 나쁜 말이지만 그들은 잡종으로 불렸다. 노는 애들은 잡종들만 아니었으면 자기가 고등학교 입학시험에 떨어지지 않았을 거라면서 그들에게 적개심을 드러냈다. 노는 애들이 괜히 애들 괴롭힐 때 '제발 그러지 마' 정도의 말이라도 하려면 어느 정도 친해야 한다.

나도 모범생은 아니었다. 선생이라고 아이들 앞에서 괜히 폼 재고 그런 걸 싫어해서 선생님 골탕 먹이고 대들 때는 앞장섰다. 그래서 공부도 잘하고 반장도 했지만 선생님들에게 많이 맞기도 했다.

* 가까이하지도 멀리하지도 않음, 혹은 가까이하기도 멀리하기도 어려움

대기업에서 일할 때, 회장과 함께 해외 출장을 많이 다녔다. 회장이 비행기에서 자다가 깨면 옆에 있던 임원이 이런 말을 했다.

"저는 회장님 주무실 때 한잠도 안 잤습니다."

"당연히, 그래야지."

자는 걸 내가 분명히 봤는데도 그랬다. 계산으로는 안 되는, 몸에 밴 아첨이었다. 잠을 안 잔다고 비행기가 떨어질 때 구출할 것도 아니고 회장이 다 큰 어른이니 이불을 걷어찰 것도 아닌데 왜 안 자고 지키는 게 좋은 일인지 모르겠다. 하긴 당연히 그래야 한다고 말하는 사람이 있으니 안 자고 지켜야 하는 게 맞는지도 모르겠다.

그래서 나도 아첨을 했다.

"제가 회장님 생각을 잘 압니다."

"어떻게 알아?"

"제가 판사 출신이잖아요. 그래서 나쁜 사람 속을 많이 압니다."

내가 웃으면서 말하면 이 자식이 나를 놀리나, 장난인가 하는 표정으로 봤다. 그런 아첨을 몇 번 했던 기억이 있다.

헌책방에 대한 로망이 있다. 헌책방을 차리는 데는 돈도 별로 안 들 것 같고 컴퓨터 한 대만 있으면 될 것 같다.

우리 동네에도 '고래서점'이라는 헌책방이 있었다. 종종 가서 구경하다가 집에 있는 책을 차로 실어다 갖다줬다. 책방에서 사겠다고 하는 걸, 돈을 주면 가져오지 않겠다고 했다. 그 후로는 필요한 거 갖고 가라고 했는데 어느 날 보니 문을 닫아버렸다. 한창 일할 때는 좋은 책이 나와도 읽지 못했다. 그걸 헌책방에서 많이 구해서 읽었다. 요즘 보면 인문학 하는 분들이 안됐다. 애써 쓰고 번역한 책인데 잘 팔리지 않는다. 내가 안 해도 되는 걱정인데 책을 좋아하다 보니 걱정이 생긴다.

2013년 8월에는 '애간지愛間智'라는 모임이 생겼다.

글도 참 잘 쓰고 재미있기도 한 진화론 책을 하나 읽었다. 너무 재미있어서 그 사람이 쓴 책을 다 읽었다. 저자는 장대익이라는 사람으로 카이스트를 중퇴한 후 서울대를 졸업한 친구였다. 지금은 서울대 자유전공학부 교수로 있다. 한번 만나고 싶었다. 마침 내가 카이스트 이사를 맡고 있을 때여서 교육처장에게 부탁을 해서 한번 만나고 싶다고 전해달라고 했다. 한참 뒤에 연락이 왔는데 보스턴에서 안식년 중 잠깐 들렀다고 했다. 약속을 잡아서 만났고 그날 둘 다 만취했다. 술이 엉망으로 취한 상태에서 물었다.

"장 교수, 하고 싶은 게 뭐요?"

미국에는 '엣지Edge'라는 과학자들의 모임이 있는데 그런

걸 해보고 싶다고 했다. 그래서 '엣지 있고, 간지 나게'라는 뜻을 담아 애간지를 만들었다. 둘이 시작해서 지금은 회원이 12명이다. 철학, 공학, 과학 등 여러 분야에서 일하고 연구하는 전문가들이 1년에 대여섯 번씩 만나서 지식의 경계를 넘어 사유의 최첨단을 나눠 보자는 취지로, 학술적인 이야기도 나누고 술도 마시고 즐긴다. 만나면 재미있다. 농담 삼아 나를 심리학적으로 연구해야겠다는 교수도 있는데, 연구대상이라는 말은 낯설지 않다.

역사 속 인물의 대립을 답답해하고, 공부하겠다고 새벽에 교사를 깨우고, 백지 시험지를 내고, 선생들 놀리는 데도 앞장서고, 회장에게 '아첨'도 잘하고, 헌책방에 대한 로망을 가지고 있고, 젊은 학자들과 술도 마시고 노는, 이게 전부 나다.

그리고 하나 더 있다. 비행기 타고 가다가 사고가 나서 다 죽어도 나는 살 것만 같은 이상한 자신감도 있다.

니체, 바그너와의 만남

평생을 바쁘게 살았다. 20대 후반부터 30대의 마지막 해까지는 판사였고 3년 동안 사내 변호사를 하다가 개업을 했다. 40대 때는 오후 7시에 체육관에 가서 1시간 반 동안 운동을 하고는 집에 와서 양주 반병 마시고 잤다. 몇 시간 잔 뒤에 아침까지 일했다. 주로 외국 클라이언트 상대여서 시간당으로 돈을 받았다. 밤새워서 일하면 희열도 좀 느끼고 남부럽지 않은 수입도 챙겼다.

내내 그렇게 살다가 일흔 살에 실무에서 손을 뗐다. 5년 동안 그야말로 놀러 다니고 편하게 혼자만 살아봤다. 출근은 했지만 한두 시간 일하는 듯하다가, 점심 전에 퇴근을 했으니 완전히 자유인으로 산 것이다. 2010년에 다시 약간 돌아오긴 했지만 여전히 실무는 보지 않고 로펌 전반의 경영에만 관여하고 있다. 그 5년 동안 자유인으로 살았던 이야기를 해볼까 한다.

처음으로 뭘 했는가 하면, 낮술을 마셨다. 술을 좋아해서 저녁에 더러 먹었는데 낮에는 마실 수가 없었다. 스물일곱 살부터 참은 셈이니까 무려 43년 동안 먹고 싶은 낮술을 참아온 것이다. 오전에 사무실에 잠깐 앉아 있다가 손님이 한 차례 빠져나간 오후 1시쯤에 옛날에 다니던 한정식 집으로 향했다. 그러고는 점심을 먹으면서 혼자 술을 마셨다. 혼자 먹기 심심하면 거기 일하는 분들하고도 마셨다. 그때마다 친구 부르기도 번거로우니 그냥 혼자 간 것이다. 서너 시간 마시고 집으로 돌아와 잠을 잤다. 그런 생활을 한 7, 8개월 한 것 같다. 오랫동안 하고 싶은 걸 했는데 처음에는 좋더니 점점 재미가 떨어졌다. 식당 쪽에서도 처음에는 계산도 많이 나오고 하니까 좋아하더니 점점 부담을 느끼는 것처럼 보였다.

그래서 낮술을 그만두고 음악에 관심을 가지기로 마음먹었다. 형이 고등학생 때부터 클래식을 많이 들어서 베토벤이나 모차르트 정도는 귀동냥으로 알고 있었다. 그런데 바그너와 말러가 클래식 중에서는 최고인 듯 이야기하는 친구가 있었다. 다른 친구들도 두 사람을 이야기하는데 나로서는 통 모르는 사람이었다. 그래서 바그너와 말러를 공부해보리라 했다.

2010년 10월쯤이었던 것 같다. 바그너에 관한 책을 검색해보니 7권이 출판되어 있었다. 전부 구입하고 바그너의 〈Music drama〉라고 하는 오페라 DVD 앨범도 구매했는데 무려 40시간이나 되는 오페라였다. 이걸 제대로 들을 수 있을까. 그래서 버나드 쇼가 1898년에 썼다는 《니벨룽의 반지》라는 책을 먼저 읽었다. 풍자와 해학으로 유명한 버나드 쇼의 격려를 읽고는 좀 안심이 되었다.

음악에 대한 전문 지식이 없어서 〈니벨룽의 반지〉를 즐길 자격이 없다고 생각하는 겸손한 사람들에게 격려의 말을 해주고 싶다. 불안감일랑 과감하게 버려라. 만일 음악을 듣고 감동을 느꼈다면 바그너 또한 음악에서 그 이상을 바라지 않았음을 알게 될 것이다. 그렇기 때문에 바그너의 음악은 음악을 체계적으로 배우지는 않았어도 천성적으로 음악을 좋아하는 사람들에게 쉽게 느껴진다. 그러니 아무것도 두려워할 필요가 없다. 이론 같은 것은 잘 모르지만 그저 음악이 좋다는 사람은 대담하게 바그너에게 다가서면 된다.

시험공부하듯 40시간이나 되는 오페라를 보고 들었다. 자막과 함께 읽고 들었으니 음악을 제대로 들은 것도 아니고 그저 줄거리만 파악하는 정도였다. 이렇게 하는 데 한두 날이 길린 것 같다. 좀 더 정리를 하고 싶어서 안인희 교수가 쓴 《게르만 신화 바그너 히틀러》라는 책을 읽었다. 바그너 음악의 배경을 잘 정리해주어서 '그렇구나' 소리가 절로 나왔다. 특히 부록으로 된 바그너 주요 작품 소개는 그 이상 간결하고, 정확할 수 없을 정도로 바그너 작품의 진수를 알려주었다. 지금도 일면식도 없는 안 교수에게 고마움을 느낀다.

그런 시간이 지나가자 바그너 이야기가 나오면 듣기만 하던 내가 대화를 주도하게 되었다. 그러자 더 이상 주위 사람들이 나에게 바그너와 말려 이야기를 하지 않았다. 그 사이 나도 귀가 제법 열렸고 그들보다 아는 게 많아졌기 때문이다. 이 음악 공부를 하는 중에 몇 가지 스페인 민요나 라틴계통의 음악을 들었더니 스페인과 남미여행을 하고 싶은 생각이 나서 스페인어 공부를 시작했다.

테이프도 듣고 학원도 다니고 하면서 공부를 좀 한 다음에 스페인에 오래 머물 생각으로 가봤는데 내가 관광객이라서 그랬는지 스페인어보다는 영어를 더 많이 썼다. 그리고 스페인의 경기가 나빠서 그랬는지, 내가 접했던 스페인 사람들은 불평이 많았다. 자기들은 시에스타(낮잠)를 못 해서 그렇다고 하는데 자기 프라이드도 없고 농촌 같은 맛도 없고 짜증만 내서 금방 돌아왔다. 돌아와서는 스페인어를 그만두고 특별한 이유 없이 그냥 프랑스어를 시작했다. 영어는 원래 하던 거고 일본어도 그 전부터 하고 있었다.

다른 언어를 배우면서 '아, 이걸 이렇게 표현하는구나' 하고 새로운 걸 알게 되면 기분이 좋고 재미가 있다. 예를 들어 프랑스어에서 '트라 푸아 리앙trios fois rien'은 '세 번 해도 안 나온다(안 된다)'는 뜻인데, '세상 그런 거야, 안 돼(해도 소용없어)'라는 말을 이렇게 표현한다. 이게 무슨 재미냐고 하겠지만 나는 재미가 있다.

이런 표현이 나오면, 혹시 어디 써먹을까 하고 외우고 다니는데 아직 제대로 써먹어본 적은 없다. 내가 사전을 찾고 노트하는 걸 보고 손자 손녀가 "우리 할아버지, 이렇게 공부 열심히 하는 줄 몰랐다"면서 자기네는 손글씨를 쓰기보다는 자판으로 글자를 치며 공부한다고 했다. 나는 손으로 써야 외워지니까 불영큰사전, 영불큰사전 뒤지면서 재밌는 건 적고 외우고 하는데 시간도 금방 가고 나이도 잊어버리고 걱정도 잊어버린다.

몇 년 전에는 운 좋게 니체를 만났다. 우연히 오래전에 사놓고 읽지 않은 캐슬린 히긴스, 로버트 솔로몬이 지은 《한 권으로 읽는 니체What Nietzsche Really Said》라는 책을 발견한 것이다. 원제에서 나타나듯이 일반 대중이 니체에 대하여 가지고 있는 오해를 바로잡아주는 책이었다.

재미도 있고 이 사람 대단하다는 생각도 들어서 다음 날 16만 원을 주고 21권짜리 니체 전집을 주문했다. 우리나라 니체 학회에서 발간한, 한 권에 1만 원도 안 되는 책이었는데 주문한 지 두 시간 만에 가져와서 놀랍고 기뻤다.

데이비드 크렐, 도널드 베이츠가 쓴《좋은 유럽인 니체 Nitzshe, The Good European》라는 책도 읽었는데 니체가 살았던 유럽의 여러 고장과 사적 편지들을 소개해주어서 인간 니체가 좀 더 친근하게 느껴졌다.

아직 공부하는 중이라 니체에 대해서 할 말이 별로 없다. 그래도 몇 가지는 소개할 수 있다. 제일 마음에 와닿는 것은 종교에 관한 것이었다. 지금 고생하면 죽어서 천당에 갈 거라는 건 사제들이 자기 권위를 유지하고 사람들을 노예처럼 부리기 위해, 복종을 끌어내기 위해서 사기를 치는 거라고 했다. 이 부분을 읽으면서 '내가 생각하는 게 이거였는데 이 양반이 벌써 썼구나' 하고 무릎을 쳤다.

니체는 할아버지와 아버지가 모두 목사였다. 기독교 환경에서 자란 사람인데, 그가 하는 주장은 '영혼이 있는지 없는지도 모르고 천국이 있는지 없는지도 모르는데 만날 저승 이야기만 한다, 살아서 좀 즐기면 안 되느냐'는 거다. 이 외에도 니체는 인간말종Der letzte Mensch에 대해 이야기하면서 그것은 첫째, 역사의식이나 행동윤리 없는 무조건적인 평등과 일상의 안일을 최고의 가치로 삼아 하루하루를 살아가는 사람들, 둘째 다른 사람이 하는 것을 무작정 따라 하며 그것이 옳은 것으로 생각하며 사는 사람들, 셋째 자신이나 자신의 현재 위치, 지위를 경멸할 줄 모르는 사람, 넷째 현실에 안주하지 않고 그것을 뛰어넘고 오르려는 인간을 시샘과 복수심으로 공격하는 사람, 마지막으로 다섯째 미래를 생각하지 않는 사람이라고 했다. 지금 우리나라의 상황과 비교해 봐도 그대로 말종이다.

이렇게 니체를 읽으면 흡족하고 동의가 되는 부분이 있다. 그런데 원래 그런 건지 아니면 번역의 문제인지 참 어렵다. 나름 재미있다고 뽑아놓은 구절들이 전통적인 니체 해설서에서는 별로 인용되지 않는 걸로 봐서 공부가 부족하긴 한가 보다. 일단 21권을 일독하고 다시 읽으면서 노트를 하고 내 의견을 집어넣고 해서 나중에는 '황주명 식으로 읽은 니체' 같은 책을 써보고 싶기도 하다.

2015년에는 니체를 만나러 니스와 토리노를 다녀왔다. 물론《좋은 유럽인 니체》가 안내서가 되었다. 니체가《차라투스트라는 이렇게 말했다》를 쓰면서 걸었다는 '에즈 빌리지Eze Village'를 걸어보고 살던 집도 보고 왔다. 늘 단체로 가서 경치 구경하는 여행만 하다가 내가 좋아하는 니체 선생의 발자취를 따라간 여행이었다. 가이드 없이 3주 동안 다녀왔는데 처음으로 그런 여행을 해보니 감명도 깊고 혼자 다니니 편했다.

운이 참 좋은 일도 있었다. 니스에 있을 때 관광 안내 책자에서 알프스산맥 어딘가에 있는 '딘느Digne'라는 멋진 곳을 발견했다. 꼭 가보고 싶어서 지도를 보고 기차역으로 갔다. 관광

객에게는 기차역의 위치가 비밀인지 찾을 수가 없었다. 좀 헤매다가 과일을 파는 내 또래 상인이 알려준 데로 갔는데도 찾지 못했다. 한참 가니까 기찻길이 보이고 그 너머에 역사가 있었다. 잠시 무단횡단을 할까 생각하다가 그만두었다. 다시 빙빙 돌아서 역사로 갔다. 표를 끊고 기차를 탔더니 두어 명만 타고 있었다. '이제 가는구나' 하고 있는데 좀 전에 표를 팔았던 사람이 와서 표 검사를 하고서는 기차를 출발시켰다. 한 사람이 매표원, 검표원, 차장을 겸하는 희한한 동네였다. 기차는 산골로, 산골로 들어갔다.

한참 가던 중에 핸드폰이 없는 걸 알았다. 호텔에 두고 왔겠거니 하고 딘느를 즐겼다. 역사 앞에는 아무것도 없더니 한 10분 걸어가니 장이 서 있고 사람들로 바글거렸다. 신이 나서 이리저리 다니다가 호텔로 돌아왔는데 거기에도 핸드폰이 없었다. 아마 역사를 찾으려고 돌아다니던 중에 잃어버린 모양이었다. 딸에게 알렸더니 바로 다음 날 새로 개통한 핸드폰을 보내준다고 했다. 보내고 기다렸다가 받고 하는 게 번거로워서 괜찮다고 했는데 이게 참 좋은 선택이었다. 나머지 2주 동안 그렇게 편할 수가 없었다. 전화 걸 일도 없고, 받을 일도 없고, 주머니도 가볍고, 세상이 편했다. 핸드폰을 잃어버리는 행운 덕분에 니체와 좀 더 가까워지는 여행을 편안하게 할 수 있었다.

니체 선생이 말했다. 친구가 많아도 걱정, 없어도 걱정이라고. 친구가 많긴 한데 대화가 안 되면 골치가 아프고 없으면 외롭다고. 나도 대화가 딱 되는 친구가 없어서 외로울 때가 있다.

그래도 니체가 있고 말러가 있고 베토벤이 있다. 책에서 만나는 사람들은 다 나보다 훌륭한 분들인데 그분들은 고생하고 살았다. 나는 그분들에 비하면 평온하게 산다. 운 좋게도 한 30분만 지나면 책에 몰입할 수 있고 그러면 그들과 대화하는 것 같은 느낌이 든다. 다윈과 대화하는 것 같고 니체와 대화하는 것 같다. 독자의 특권으로 내가 보고 싶은 것만 보고, 듣고 싶은 것만 들으면 된다. 그러다가 졸리면 자고 깨면 또 읽으면 된다. 요즘 나보고 행복하냐고 물어보는 사람들이 많은데 주저 없이 행복하다고 말하는 이유 중 하나다.

서로 공기처럼 살기로 했다

자기 말이 먹히지 않을 때 "너희들은 내 말 안 들어도 마누라만큼은 내 말 들어"라고 하는 친구들이 있다. 죽을 때 남은 재산을 자식들에게 안 주고 부인에게 주겠다는 친구도 있다. 나이가 들면 아내에 대한 사랑이 새삼스러워지는지, 늙은 아내에 대한 사모곡을 종종 듣는다.

우리 부부가 같이 산 지 50년이 넘었다. 결혼을 하면 서로 닮아간다는데 우리는 다른 채로 만나서 지금까지 다르게 살아오고 있다. 대학을 졸업하고 형수 친구의 소개로 동갑인 여자를 만나 3년 연애하고 결혼했다. 자랑은 아니고 그냥 재미 삼아 이야기하면, 나는 당시 누구나 탐내는 일등 신랑감이었다. 마당에 수영장이 있는 부잣집 아들에다 고시 합격까지 한 신랑감이 바로 나였다. 심지어 잘생기고 위트까지 있었다.

고시에 합격하기 전까지, 그러니까 대학교 4학년이 되도록 내가 좋아한 여자도 없었고 나를 좋아한다는 여자도 없었다. 그런데 합격을 하고 나니 느닷없이 나를 좋아한다는 여자들이 여기저기서 나타났다. 사방에 자기가 내 애인이라고 소문내고 다니는 사람도 있었다. 전부터 알던 형수의 친한 동생은 갑자기 겁쟁이가 되어서는 무섭지도 않은 공포영화를 보면서 내 손을 잡고 그랬었다. 형수한테 극장 가서 창피해서 혼났다고 했더니 그 친구가 예전부터 나를 좋아했는데 몰랐느냐고 되물었다. 꽤 똑똑한 나로서도 그게 어떻게 가능한지 이해할 수 없었고 받아들일 수도 없었다. 그러거나 말거나 그 친구 역시 내 사진을 돌리면서 '이게 내 거다'라는 유언비어를 퍼뜨리고 다녔다고 한다. 이렇게 모두가 '황주명이라면 오케이'라고 할 때 아내만 나를 싫다고 했다. 지금 와서 생각해보면 약을 올린 것 같기도 하고, 요즘 말로 '밀당'에 넘어간 것 같기도 하다.

어머니 쪽으로도 꽤 많은 혼담이 들어왔다. 좋은 대학에, 좋은 집안 아가씨가 있으니 선을 보라는 말을 몇 번 했는데 아들의 단호한 대답을 들은 후로는 포기하셨다.

"어머니, 저를 아주 고기 근으로 파세요."

결혼이 '장사'라는 걸 일찌감치 알았던 친구들은 내로라하는 집안의 판검사 사위가 되었다. 어떤 친구는 오랫동안 사귀던 여자와 헤어지고 그 여자의 아버지보다 훨씬 더 부자인 사람의 딸과 결혼했다.

지금까지도 내가 아내에게 공손한 걸 보면 여전히 참 많이 사랑하는 것 같다. 나야 예순다섯 살에 철이 조금 들었으니까 결혼할 때는 장사를 할 줄도 몰랐고 자라온 환경이 다르다는 게 문제가 되는 것도 몰랐다. 여자랑 한번 가까이 지내면 결혼해야 한다고 생각했다. 아내를 만나기 전까지 좋아한 여자도 없고, 나를 좋다고 한 여자도 없으니 첫사랑이다.

이렇게 순진무구했던 내가 요즘은 결혼정년제라는 발칙한 상상을 하곤 한다. 결혼한 지 20년이 지나서 서로 결혼관계 유지에 동의하지 않으면 자동으로 부부관계가 해지되게 하는 것이다. 그러면 부부가 경제적으로도, 집안살림에도 자립심이 생기지 않을까. 같이 오래 살고 싶으면 서로에게 잘 하려는 노력을 해야 한다. 이혼이 새삼스럽지 않은 시대에 굳이 정년제가 뭐 필요하겠느냐고 할 수 있지만 정년을 박아 두면 오히려 이혼율이 줄어들지 않을까 하는 생각도 든다. 우리는 잉꼬부부니까 당연히 정년 연장을 했을 것이다.

그렇다고 갈등이 전혀 없지는 않았다. 서로 다른 우리가 가장 '첨예한' 갈등을 일으킨 부분은 역시 자식 교육이었다. 큰애 둘은 과외가 불법이었을 때 중고등학교를 다녔다. 아들이 내 고등학교 동창이 교사로 있던 고등학교에 들어갔는데 면접

날에 어느 선생님이 "야, 너 아버지 닮았니?"라고 묻더란다. 아버지 닮았으면 고집이 세고 성질이 고약하다는 뜻이라고 느껴서 선생님 이름을 추적해보니 내 고등학교 같은 반 친구였다. 아들의 선생님이자 친구를 만나서 밥을 먹는데 친구로서 간곡하게 이야기했다.

"주명아, 너 옛날 생각하지 말고 애들 잡고 과외시켜야 한다."

그러면서 자기도 몰래 과외를 하고 다닌다고 했다. 아내도 누구누구네 애들은 다 과외받는다면서 우리 애들도 시키자고 했고 나는 쓸데없는 소리라고 했다. 과외받는다는 사람은 없는데 과외 선생은 돈을 잘 벌던 그런 시절이었다. 내가 하도 강하게 나가니까 결국은 하지 못했는데 결과적으로 둘 다 가고 싶은 학교에 못 갔다. 막내는 과외 금지가 풀린 이후여서 차로 실어나르다시피 과외를 해서 제가 가고 싶은 학교에 갔다. 과외 안 해서 안 될 놈이면 과외 시켜도 안 된다고 했는데 그게 아니었던 모양이다. 지금까지 큰아이와 둘째아이한테는 학교 이야기만 나오면 꼼짝을 못한다. 아내한테는 물론이고.

우리는 생활주기도 많이 다르다. 정확하게 말하면 내가 좀 별나다. 아내는 밤에 자고 아침에 일어나는 보통 사람이다. 돌연변이인 나는 초저녁에 사고 한밤중에 일어나 새벽까지 있다가 잔다. 한창때는 일을 했고 지금은 책 보고 음악을 듣고 외국어 공부를 한다. 평소에는 괜찮은데 여행을 가면 곤욕이다. 내 방에서 하던 걸 화장실에서 하려니 여간 불편하지 않다.

국내 여행을 다니면 한적한 지방 소도시나 시골이 참 좋다. 나는 그런 데서 살고 싶다. 한동안은 진해에 가서 변호사 개업을 할까 하고 진지하게 고민했었다. 우연히 갔는데 너무 마음에 들었다.

"우리 여기 와서 살까?"

처음에 이런 이야기를 할 때는 펄쩍 뛰더니 요즘은 간단하게 싫다고 한다. 부부동반 모임도 어지간해서는 가지 않는다. 지금은 서운해하지도 않고 오히려 편한 모양이다. 내가 가봐야 노인네들 듣기 싫어하는 소리나 하니까 그게 불안하기도 할 것이다. 서로 다른 우리는 이렇게 산다.

언젠가 여자들이 많이 모인 자리에서 평소 생각했던 것을 말했다가 뜻밖의 박수를 받았다.

"남자들도 늙으면 자기 직업에서 은퇴하고 싶어지잖아요. 여자들도 밥에서 은퇴하고 싶은 게 당연해요."

남자는 내가 평생 벌어 살아왔으니 은퇴 후에는 편히 지냈으면 좋겠다고 한다. 그건 여자들도 마찬가지다. 평생 해오던 밥에서 은퇴하고 싶어 한다. 그런 여자들의 심정을 남자들이 알아주지 못하고 옛날에나 통하던 권위를 내세우니까 갈등이 자꾸 생긴다. 나도 변호사 하기 싫듯이 집사람도 얼마나 밥하기 싫을까 생각했다.

그래서 우리 집에서 밥이 사라진 지 꽤 됐다. 각자 알아서 먹기로 했다. 일주일에 한두 번 같이 먹는데 그것도 와인이랑 빵 정도지 요리를 하는 건 없다. 요즘은 기능을 잃은 채로 여전히 공간을 차지하고 있는 부엌을 아예 없애자고 주장하고 있는데 아직 동의를 얻지 못했다.

어머니께서는 돌아가실 때까지 아버지의 세끼 밥을 다 했다. "너는 늙어서 그러지 말라"고 하셨는데 잘 따르고 있는 셈이다. 어머니가 돌아가시고 아내가 아버지를 10여 년 모셨다. 그 사이 하나하나씩 양보를 하다가 완전히 투항을 한 것인데 불편하지 않고 오히려 편하다. 부부가 나이가 들면 친구처럼 살라고 하는데 우리는 공기처럼 살자고 했다. 있는지 모르지만 없으면 안 되는 공기처럼 사는 게 좋다.

노인답게, 즐겁게

    나이가 들수록 자신을 돌아보는 시간을 많이 가져야겠다. 젊은이들, 자기와 맞지 않는 사람들 욕하며 지내기보다 자기를 돌아보는 시간을 많이 가져야 한다. 자기를 돌아본다는 것이 꼭 과거를 회상하고, 반성하고, 정리하는 것만을 의미하지는 않는다. 미래에 나에게 닥칠 일을 생각하는 것도 자기를 돌아보는 일이다.

    젊은 사람들에 비해 확률은 낮지만 황당하거나 기막힌 일들이 내게 닥쳐올 수 있다. 다만 무슨 일이 일어날지 모르니까 달리 대책을 세울 수 없다. 그러나 나에게 반드시 다가올 일, 100퍼센트의 확률로 일어날 일이 있다. 죽음이다.

    나이 들어서 문득 돌아보니 이거 뭐냐 싶었다. 헐레벌떡 뛰어만 왔지 마음의 준비라는 걸 전혀 하지 못하고 있었다. 그래서 생각도 좀 하고 책도 읽었다. 예일대의 셀리 케이건 교수의 《죽음이란 무엇인가》라는 책을 참 재미있게 봤다. 죽은 뒤에 영혼이 없다고 자신 있게 쓴 책은 처음이었다. 저자의 말에 따르면 죽음이란 박탈이다. 이 박탈은 죽은 사람의 것이 아니라 산 사람의 것, 남은 자들의 박탈이다. 그런 이야기들을 듣다 보니 다윈이 생각났다. 그의 자서전을 보면 영혼이 없다는 확신을 가졌던 것으로 보인다. 그런데 불가지론으로 어물어물 넘어갔다. 다윈에게 영혼이 꼭 있어야만 하는, 사후세계가 있어야만 하는 이유는 아내 때문이었다. 그의 아내는 열두 살에 죽은 딸을 꼭 다시 만나야 했던 것이다. 그러니 차마 영혼이 없다는 말을 하지 못했다. 나는 영혼이 없다는 확신이 있다. 그렇다고 있다는 사람을 붙들고 없다고 설득할 마음은 추호도 없다. 생각하고 싶은 대로 생각하면 된다.

한동안은 '이거 참, 죽는 날이 미리 결정이 되었으면 좋겠다'는 황당한 상상도 했다. 그러면 준비도 제대로 하고 살아 있을 때 돈도 다 쓸 텐데…. 죽는 날을 모르니 준비도 잘 안 되는 것 같았다. 수백 년 사는 건 살 수 있다고 해도 힘들 것 같고 1, 2년 후라고 하면 너무 섭섭하고, 그래서 과감하게 86세를 기점으로 준비를 시작했다. 아버지가 그 나이에 가셨기 때문에 나도 아버지 나이까지는 살 수 있지 않겠느냐는 비과학적이며 근거 없는 추론을 한 것이다. 이렇게라도 정리를 하고 나니까 준비를 시작할 수 있었다.

준비라고 해봐야 특별할 것은 없다. 우선은 경제적인 것이다. 오래전에 은퇴한 친구가 자기는 일흔 살에 죽을 줄 알았는데 아직까지 살아 있어서 큰일이라고 했다. 나는 운 좋게도 그런 걱정은 하지 않아도 될 만큼은 벌었다고 내 나름 생각한다. 그래서 친구와는 반대로 쓰는 계획을 세웠다. 현금성 자산은 다 쓰고 죽기로 한 것이다. 그리고 가능하면 가족들, 주변 사람들과 즐거운 시간을 갖자, 운동 열심히 하고 술도 즐겁게 마시고 즐겁게 살자. 이렇게 정리한 것이 일흔 살 때다.

아마 그 무렵인 것 같은데, 평생 처음으로 비싼 양복, 비싼 와이셔츠, 비싼 넥타이를 샀다. 전처럼 절약하고 사는 것보다 좀 여유를 가지고 살기로 한 것이다. 아내도 그렇고 며느리도 그렇고, 예전부터 양복 좀 좋은 거 사 입으라고 했는데 그럴 필요를 느끼지 못했다. 바쁘기도 하니까 그냥 괜찮은 기성품을 사 입었는데 사람들이 다 좋은 것으로 봐주었다. 내가 파리 가서 사온 거라고 해도 곧이곧대로 믿어주었다. 열심히 일을 하고 다니면 거기서 나오는 열의가 풍겨서 괜찮았는데 일흔 살쯤 되니까 잘못하면 영감 티가 나는 것 같았다. 며느리가 말해준 곳에 갔더니 내가 평소 입던 양복 값의 4배였다. 옛날 같으면 어림없었을 텐데 군소리하지 않고 샀다. 친구들하고 술 먹는 돈도 확 줄었으니까 이걸 사도 86세까지 먹고사는 데 별 지장은 없을 것이다.

그냥 내가 그렇다는 것이지 다들 이렇게 준비를 해야 한다는 것은 아니다. 각자 자기 나름의 준비가 있을 것이다. 그런데 우리 또래들하고 이런 이야기를 좀 해보고 싶어도 다들 싫어한다. 반드시 오는 거니까 마음의 준비를 하고 여태까지 살면서 뭘 잘했고, 뭘 잘못했는지 생각도 좀 해보고, 가족들에게 따뜻한 말이라도 하고, 그랬으면 좋겠는데 우리는 늙지 않았다는 타령만 하고 있다. 늙었으면서 늙지 않았다고 하는 것도 문제지만 노인이라고 퇴물 취급하는 것도 문제다.

몇 년 전에 정진홍 교수가 쓴 《경험과 기억》이라는 책을 읽었다. 50대 때 한 번 읽고 다시 읽었는데 예전에는 느끼지 못한 감정이 불쑥 올라왔다. 정 교수는 노인의 정의를 6가지 항목으로 정의하면서 이런 글을 써놓았다.

결국 노인은 곧 죽을 사람입니다. 살아온 세월보다 살아갈 세월이 현저하게 줄어든 사람을 일컫는 말입니다. 물론 죽음이 노년의 현상만은 아닙니다. 하지만 죽음의 필연성을 인지적 차원에서 승인하는 것이 아니라 지금 여기에서의 현실성으로 직면하고 있는 것이 노인입니다. (중략)
노인은 사회체제의 제도적 구조 안에서 자기 역할을 불가피하게 상실당할 수밖에 없는 사람을 지칭합니다. (중략) 이제까지의 삶에서 누려온 가치나 의미가 사라지는 것을 경험하기 때문에 살아온 삶이나 앞으로 지속되는 삶의 의미나 가치가 극도로 회의되는 절박한 상황에 직면한 사람들이 노인입니다.

요약하면 '이제까지 이룬 업적도 다 없어지니까 젊었을 때 뭘 했든 찌그러져 있다가 죽어라'는 말이었다. 50대 때는 그냥 읽고 넘겼는데 70대가 되어서 보니 슬프고 화가 났다. 곧 죽을 사람이라는 말에 슬펐고 늙으면 평생 해온 모든 일이 다 없어진다는 말에 화가 났다. 젊었을 때 한 모든 일이 사라진다면 젊었을 때 지은 죄도 다 사라지는가. 업적이든 죄든 그대로 남아 있는 것이지 노인이 된다고 없어질 리 있는가. 얼마나 화가 났던지 책에다 욕을 쓰기도 했다.

다시 몇 년이 지나서 생각해보니 내 친구들이 이런 인식을 갖고 있는 게 아닌가 싶었다. 노인이 이런 거라면, 지난날은 다 없어지고 죽을 날만 기다려야 하는 거라면 스스로 노인이라고 인정하기는 불가능하다. 젊었을 때 열심히 살아서 자기의 가치나 삶의 의미를 이룩해 놨으면 늙어도 그대로 남아 있는 것이지 없어지지 않는다. 젊었을 때 남을 해코지하고 되는 대로 살았으면 늙어서도 그대로 남아 있는 것이지 없어지지 않는다. 같은 70대라도 각자 다른 삶을 사는 것이 그 증거다.

젊은이는 젊은이대로, 노인은 노인대로 각자 나름의 즐거움이 있고 보람이 있다. 나는 여전히 즐겁게 보람을 쌓아가고 있는 중이다. 그래서 늙었다는 것을 당당하고 자신 있게 느끼고 있다. 되지도 않는 헛소리에 현혹되지 말고, 이미 사실인 것을 거부하지 말고 스스로 노인임을 받아들이면 된다.

위대한 로빈슨 크루소

판사 시절, 동료 판사이자 대학 선후배들이 술 한 잔 먹고 싶을 때 '뭐 없냐?'라면서 내 방을 기웃거렸다. 내가 용돈도 있고 하니까 내 방으로 슬슬 오는 것이다. 1차 목표는 '뭐 하나 만들어보는 것'이고 그게 안 되면 내가 사는 날이다. '뭐 하나'란 돈 좀 버는 친한 변호사가 내는 술자리다.

"서너 명 모였는데 한 명이 부족해서 말이야…" 이쯤 이야기하면 다 알아듣는다. 술 먹는데 한 명이 부족할 리 없다. 늦게라도 알려준 데로 가서 계산을 해주고 갔다. 그때 어떤 선배가 한 말이 있다.

"야, 나는 황주명이가 술 먹자고 그러면 매일 먹겠다."

그냥 하는 말인 줄 알았는데 나도 변호사가 되고 나서 그

말뜻을 알았다. 하루 종일 바쁘게 뛰어다니다가 사무실에 들어가면 비서가 "오늘 들어온 돈입니다" 하고 수표와 현금을 넘겨줬다. 종전의 수입에 비하면 진짜 많은 돈이었다. 주머니는 두둑하고 술은 먹고 싶은데 친구가 별로 없을 때 법원 후배에게 전화를 걸었다.

"이 부장, 박 부장 괜찮아? 몇 명 모아라."

그런 날은 비싼 술집에서 거나하게 마셨다. 그렇게 쭉 지내다가 쉰다섯 살이 되었을 때, 젊지도 않고 늙지도 않은 나이에 문득 외롭다는 걸 알았다. 40대 초반부터 사업만 하다 보니 사람을 만나도 일과 관련된 사람만 만났다. 내가 그러고 있을 때 또래들은 대학교, 고등학교 동창들끼리 모여 골프도 치고 여행도 같이 가고 있었다.

'나만 너무 모임에서 빠지는 게 아닌가, 이러다 외톨이가 되는 게 아닌가.'

그래서 작심하고 동창회 활동을 열심히 했다. 같이 술도 마시고 노래방도 가고 같이 골프도 치고 여행도 갔다. 한 2년을 그렇게 해봤는데 재미가 없었다. 만족감도 없었다. 아직 30년은 더 살아야 하는데, 내 성격상 외로울 수밖에 없겠다는 결론에 도달했다. 그때 나보다 훨씬 더 외로웠을 사람이 생각났다.

로빈슨 크루소. 나는 조금 늙었다고, 친구들과 어울리지 못해서 외롭다고 생각하는데 그는 얼마나 외로웠을까. 중간에 원주민 프라이데이가 나타나긴 했지만 도대체 몇 년이나 무인도에서 살았을까. 그러다가 로빈슨은 어떻게 살았을까가 궁금해졌다. 다시 책을 사서 봤더니 무려 28년이었다. 프라이데이가 나타난 게 24년째였다. 다시 간단하게 결론이 나왔다. '로빈슨보다는 내 팔자가 훨씬 낫다. 그러면 못할 게 뭐 있겠나.' 로빈슨에게서 혼자 사는 용기를 얻은 것이다.

일흔 살에 다시 동창회에 나가보기로 했다. 이전부터 나오라고는 했는데 한량이 되면서 할 일도 없고 해서 가기로 했다. 로빈슨보다 나으니까 외롭다고 하지 말고 살자 했는데, 이제 외롭지 않다고 생각했는데 그렇지 않았던 모양이다. 안타깝게도 10여 년 전과 별로 달라지지 않았다. 지금도 가끔 나가긴 하지만 그 자리에서 나는 자연스럽게 '왕따'가 되곤 한다.

우선은 너무 시끄럽다. 보통 가면 한 테이블에 4명이 앉는데 여기저기서 목청껏 떠드니까 앞에 앉은 사람의 말도 잘 들리지 않는다. 집중하면 들리긴 할 텐데, 집중력을 유지할 수 있는 이야기가 아니다. 집중할수록 괴롭다. 테이블 위로 어지럽게 다니는 말들의 주제는 내가 동의하지 못하거나 모르는 것들이다.

동의하지 못하는 건 역시 세상에 대한 의견이다. '돼먹지 못한 요새 애들, 저 죽일 놈의 이북 놈들, 그 당은 빨갱이, 노조도 빨갱이,' 걸핏하면 빨갱이, 여차하면 나쁜 놈이다. 자기 마음에 들지 않으면 원수처럼 말을 한다. 누가 이렇게 이야기하면 다들 맞장구치니까 반론을 제기하기도 어렵다. 그래서 그냥 씩 웃고 만다.

처음부터 입을 다물고 있지는 않았다. "요즘 젊은 애들 사는 얘기를 쓴 책을 읽어봤더니 눈물이 나더라, 이해가 된다, 우리도 무슨 큰 사명감이 있어서 한 게 아니라 정신없이 오다 보니 이렇게 된 거 아니냐, 애들은 이런 생각들을 하고 있더라." 이렇게 반론을 했었다. 또 "박정희가 잘한 것도 있고 못한 것도 있는데 어떻게 잘한 것만 따지냐, 나도 판사 시절 피해도 당하고 꼴 보기 싫은 것도 많이 봤다, 그 시절을 거쳐서 우리가 이렇게 잘살게 됐지만 당한 사람 입장에서는 다르지 않겠느냐, 다양하게 보자"라는 이야기도 했었다. 그러면 좌중이 싸늘해진다. 개중 몇몇은 '그래, 너 잘났다. 너는 왜 우리랑 같은 편 아니냐'는 말을 참고 있었을 것이다. 그러니 조용히 씩 웃고 있는 게 답이다.

모르는 이야기는 내가 동창회에 나가지 않음으로써 발생한 문제다. 나만 안 그러지 다들 동창회 내에서 끼리끼리 팀을 이뤄서 놀고 있었다. 한두 팀이 아니다. 골프팀, 가톨릭팀, 신당동팀, 강남회, 강북회 등 취미, 사는 동네, 살았던 동네, 종교 등에 따라 모임을 갖고 있었다. 중복 가입도 되니까 동창회 내부 모임이 한 달에 8건 정도 된다. 길게는 20년, 짧게는 10여 년 전부터 그래 왔다. 그들 사이의 일이면 나는 끼지를 못한다.

여기서 파생되는 문제가 하나 더 있다. 나는 좀 비싸더라도 좋은 자리에서 조용하고 편안하게 만나고 싶다. 좁은 자리에서 두 시간 앉아 있으면 일어나지를 못한다. 그래서 좀 좋은 데서 하자고 했더니 한 달 모임 회비로만 16만 원이 나간다고 했다. 동창 모임 말고 다른 모임도 있을 테니 정말 바쁘게들 사는 것이다. 한 달 스케줄이 꽉 짜여 있는 건데 꼭 고등학교 때로 돌아간 것 같은 느낌도 들었다. 학생주임이 없다는 것만 빼고.

내 욕심이겠고, 앞으로도 그럴 일이 없을 것 같기는 한데, 나는 우리의 현재를 나누고 싶다. 아들 자랑, 손자 자랑 말고, 옛날에 잘나갔다는 이야기 말고, 누가 아프거나 죽었을 때 나오는, 당연히 각자 챙겨야 하는 건강 이야기 말고 팔순이 지난 노인들의 인생을 이야기하고 싶다. 친구의 현재를 듣고 싶은 것이다.

다행히 지금은 외롭지 않다. 나중에 또 외로움을 느낄지 어떨지 모르지만 지금은 괜찮다. 니체 선생도 있고 말러도 있고 책으로 대화할 수 있는 많은 위대한 사람들이 있다. 그들과의 대화를 즐기고 있다.

그저 이만하면 족하다

　　일흔 살이 되어서 좀 비싼 양복을 입기 시작했지만 여전히 브랜드는 모른다. 어쩌다가 손자들이 할아버지 준다고 뭘 사가지고 오면 며느리가 한마디 거든다.

　　"아버님, 이거 되게 비싼 브랜드예요."

　　그래 봐야 그게 뭔지 모르니까 브랜드는 안 보이고 손자들 마음만 보인다. 괜히 며느리 홍보하는 것 같은데, 우리나라 사람들은 브랜드를 굉장히 중요하게 생각한다. 싼 거라도 나한테 어울리는 옷이면 그만이다. 굳이 브랜드를 따질 이유가 없다. 이게 남과 비교하고 과시하고 싶은 마음 때문일 텐데, 여행을 가서도 유명한 식당에서 밥을 먹어야 하고 유명한 장소에서 사진을 찍으려고 한다. 남들이 먹어봤다는 거는 나도 먹어봐야 하고 남들이 아는 장소라야 거기 갔다는 자랑을 할 수 있다. 자기만의 장소에서 찍은 사진을 자랑하고 브랜드는 없지만 자기만의 취향이 가득 담긴 것을 사 와서 자랑할 수는 없을까. 이렇게 하는 게 훨씬 더 스토리가 많을 것 같다.

이걸 주체성이라고 해야 할지, 개성이라고 해야 할지, 자기 취향에 대한 존중이라고 해야 할지 모르겠지만 비교하고 과시할 시간에 그냥 자기가 좋은 걸 하면 그게 제일 좋다. 설렁탕 먹고 양식집 앞에서 이 쑤시는 행동은 하지 말았으면 하는 것이다.

취미란 잘하든 못하든 그냥 하는 것 자체로 즐거운 활동이다. 골프가 취미인 친구들이 많은데 어쩌다가 같이 가면 뭐 하러 왔는지 의아할 때가 있다. 라운딩은 친구의 옷과 골프채의 브랜드와 진위 판별로 시작된다. 매너에 어긋날 정도가 아니면 좌판대에서 산 옷인들 무슨 상관인가.

우리는 프로골퍼가 아니다. 잘하는 건 자기 직업이면 충분하다. 어떤 날은 잘 맞고 어떤 날은 안 맞는다. 그게 무슨 상관인가, 취미인데. 그런데 꼭 이렇게 말하는 친구가 있다.

"나는 절대 90을 안 넘긴다."

그럴 리가. 프로골퍼도 기권하는 날이 있는데. 따라다니면서 확인하지 않았으니 그 말이 사실일 가능성도 있기는 있다. 그날이 처음으로 90을 넘긴 날일 수도 있다. 그러면 컨디션이 안 좋다고 하면 그만이다. 취미니까 누가 뭐라고 하는 사람도 없다.

"야, 파par*로 적어라."

캐디에게 하는 말이다. 그래서 절대로 90을 넘기지 않는 비결을 친구에게 알려줬다.

"그러지 말고, 다음부터는 아예 집에서 써가지고 와."

이런 일들이 참 많다. 자기에게 피해가 오지 않는 일이면 남이 하는 대로 두면 되는데 간섭을 한다. 남이 간섭을 해도 자기 뜻대로 하면 되는데 누가 한 마디 하면 눈치를 본다. 어머니 장례식 때 마지막으로 한 번 모시는 건데 수의는 어떤 걸 해야 하고, 장의차는 리무진으로 해야 한다는 등의 말이 나왔다. 돈이 없으면 모를까 여유도 있는 사람이 소박하게 한다는 거였다. "우리 어머니, 그런 거 별로 안 좋아하셨어요" 하고는 그냥 내 뜻대로 했다.

자기 수준에서 이해가 안 되면 그냥 그러려니 하면 되는데 기어코 자기 사고체계 안으로 끌고 들어가려고 한다. 내가 니스에 혼자 갔다 왔다니까 믿지를 않았다.

"혼자 무슨 재미로 가?"

"혼자 가니까 좋더라. 먹고 싶으면 먹고 먹기 싫으면 안 먹

* 각 홀에 정해진 기준 타수

고. 걷고 싶으면 걷고 앉고 싶으면 앉고 자고 싶으면 자고."

좋아한다고 꼭 잘해야 하는 건 아니다. 좋아하는 걸 하면 그것으로 족하다. 누가 뭐라고 하든 하기 싫은 건 안 하면 그만이다. 골프 잘 치는 척할 것 없고 책 많이 읽는 척할 것 없고 과거와 현재를 미화할 것도 없다. 그렇게 살면 편하다. 주체성이 없으니까 과장하고 미화하는 피곤한 삶을 산다.

돈이 많고 적고의 문제가 아니다. 학벌도 좋고 경제적으로 살 만하고 건강도 괜찮은데 늘 부족하다고 여기는 사람들이 있다. 자신의 과거와 비교하는 것인데, 옛날에 잘나갈 때는 기사가 운전하는 차를 타고 호텔 앞에서 그냥 내렸다. 이제는 직접 지하에 내려가 주차해야 하는데 그걸 부끄럽게 여기면서 기어이 자신을 괴롭힌다. 그때 그걸 즐겼으면 그뿐이다. 지금은 또 지금 즐거울 수 있는 걸 찾으면 된다.

2년 전에 우연히 걷는 즐거움을 알게 되었다. 처음 1시간은 걸으면서 온갖 골치 아픈 생각이 다 떠오른다. 사무실 일을 비롯해 걱정하지 않아도 되는 것, 걱정해봐야 소용없는 것, 나중에 걱정해도 되는 것들이 머리를 어지럽힌다. 그래도 계속 다리를 움직이면 점점 잡념이 사라진다. 1시간 반쯤 지나면 다 잊어버리고 그냥 좋다. 나무 보면서 헐렁헐렁, 머리는 비고 마음은 단정해진다. 여태까지 이 즐거움을 모르고 어떻게 살았나, 다른 사람들은 이 즐거움을 모르고 어떻게 사나 싶을 정도다.

이전부터 집이 있는 한남동에서 남산에 있는 체육관으로 운동을 다녔었다. 거기서도 걷기는 했는데 1시간을 넘기지 않았다. 이후에 오는 '신비의 시간'을 몰랐던 것이다. 그 운 좋았던 날은 체육관에 갔다가 문득 호기심이 생겼다.

'이 길로 쭉 가면 뭐가 나오지?'

몰라서라기보다 걸어서 확인해보고 싶은 마음이 생겼다고 할까. 아무튼 특별한 계획 없이 그냥 걷기 시작했다. 그렇게 걷다 보니 국립극장을 거쳐 케이블카 타는 곳 근처까지 갔다. 산허리를 타고 가는 길이라 힘들지도 않고 걷는 것을 즐기기에 딱 좋은 길이다. 다시 돌아오는 길까지 포함해서 약 9km. 어느새 무념무상, 몸이 붕 뜨는 것처럼 아무 생각이 없는 상태가 되어 있었다. 스님들은 한 번에 한 가지 일만 하라고 했다. 밥을 먹을 땐 밥만 먹고, 명상할 때는 명상만 하라고 했는데 그 말처럼 걷기만 하니 걷는 것 자체에 몰입하는 즐거움이 여간 크지 않다.

남산에 가면 "타타타타 비켜, 비켜" 하는 소리를 들을 수 있다. 맹인들이 지나가는 소리다. 안전하게 걸을 수 있기 때문인지 서울 시내 맹인들은 다 모인 것 같은 기분이 들 때도 있다. 한번은 맹인 여성 세 분이 지나가면서 그중 한 분이 이런 말을 했다.

"그 언니는 왜 그렇게 살아? 뭘 얼마나 살겠다고."

악착같이 돈을 아끼고 사는 어떤 언니에 대한 이야기였다. 맹인이 사는 세상은 우리와 많이 다를 줄 알았는데 그들 역시 쩨쩨하게 사는 걸 싫어하는, 우리와 다를 바 없다는 걸 알았다. 옛날 성현 중에 자기 신발이 나쁘다고 화를 냈는데 다리 한쪽이 없는 사람을 보고 반성했다는 이야기도 생각났다.

한쪽 다리가 없어도 살고 두 쪽 다리가 다 있어도 산다. 눈이 안 보여도 살고 눈이 보여도 산다. 그러니 남 눈치 보지도 말고 눈치 주지도 말고, 비교도 하지 말고 과시도 하지 말고, 최선을 다해 즐겁게 살면 된다.

잘 살았고 잘 살 거다

나는 1939년에 태어났고 올해는 2021년이다.

가장 오래된 기억은 다섯 살 때다. 아버지가 함경남도 갑산 군수로 근무하던 1943년쯤이다. 눈이 많이 온 정초에 인사 온 사람들이 스키를 타고 왔던 기억이 난다. 관사는 넓고 추웠다. 특히 목욕탕이 무척 추웠는데 일본식 작은 탕이 있었다. 목욕탕은 춥고 탕의 물은 너무 뜨거워서 들어가지 못했던 기억이 난다. 그 무렵 두 살 어린 여동생이 뇌막염으로 죽었다. 어머니는 시골이라서 오진으로 딸을 잃었다고 아버지를 원망했다. 갑산에서의 기억은 이것이 전부다.

1944년경에 아버지가 홍원으로 전근을 하게 되었다. 갑산에서 홍원으로 가려면 개마고원을 지나야 한다. 달리는 차 아래를 내려다보면서 무서워했다. 홍원의 관사는 바다가 굽어보이는 아름다운 언덕에 있었다. 관사 뒤에는 신사가 있었는데 월요일 아침에는 신사에서 조회를 했다. 형과 나는 군수의 아들로 학생들 앞에 서 있어야 했다. 늦게 오는 형을 기다리느라 마음 졸였던 기억이 새삼스럽다. 몇 해 전 형이 죽었기 때문인지도 모르겠다.

1945년 해방이 되었다. 홍원에 소련군이 진주한 것을 직접 보았다. 그해 가을에 아버지만 서울로 떠나셨고 어머니와 우리 형제들은 함흥에 있는 외가에서 10개월가량 지냈다. 거기서 어머니와 거리에 나갔다가 보안서(지금 경찰과 비슷한 역할을 하던 기관) 사람들이 시위하는 학생들에게 총을 쏘는 것을 직접 목격했다. '함흥학생사건'(1946년 3월)이었다.

아버지가 떠나신 다음 해에 우리 가족도 모두 남한으로 내려왔다. 철원까지는 기차로, 이후는 걸었다. 1946년 당시에는 38선에 대한 감시가 심하지 않았다. 특히 이북에서 이남으로 가는 건 더 쉬워서 편하게 넘어올 수 있었다.

서울에서의 첫 거처는 서대문구 옥천동의 친척 집이었다. 2년 동안 거기 있다가 1948년부터 아버지가 법제처에서 근무하게 되어서 경복궁 내에 있는 관사에서 3년 정도 살았다. 미군정이 관사로 쓰던 곳이었는데 전쟁이 날 때까지 그곳에서 지냈다.

2011년에 한 통의 이메일을 받았다.

"혹시 주명이 형님 아니십니까. 저는 옆집에 살던 코홀리개 홍영진입니다. 기억나십니까?'

60년이 넘는 세월을 건너서 온 소식이었다. 그 넓은 경복궁 안을 마당 삼아 동네 꼬마들과 신나게 놀았다. 그때 같이 놀던 꼬마 중에 나보다 두 살 어린, 관사 옆집에 살던 아이였다. 그는 LA 인근에 살고 있었다. 마침 기회가 닿아서 미국에 가서 옛날이야기를 실컷 했다. 지금도 만나면 경복궁 마당의 기억을 떠올린다.

전쟁 후 약 3개월 동안 이곳저곳 다니며 친척이나 부모님의 지인 집에서 지냈다. 9.28 수복 후에 경복궁 관사로 들어가지 못하고 다른 관사와 친척 집을 전전하다가 1.4 후퇴 때 다시 부산으로 내려와 아버지와 같이 근무하던 분의 집에서 2년 동안 살았다. 그 후 조그만 집을 얻었고, 다시 얼마 후 경기중학교에 입학을 했다. 중학교, 고등학교를 다니는 동안 나는 대부분은 모범생이었고 가끔 반항을 하는 학생이었다. 공부를 열심히 했지만 장래에 대한 생각은 별로 하지 않았다. 역사에 관심이 많아서 한동안 역사학과로 진학할까 심각하게 고민한 적이 있었는데 스스로 현실성이 없다고 판단해서 그만두었다.

당시 어머니가 당신 몸이 편찮으셔서 의과대학을 가라고 여러 번 말씀하셨지만 이미 문과를 선택했으니 방법이 없었다.

아버지는 융통성 있는 학문이라며 경제학과를 권하셨다. 공부만 열심히 하면 문과에 해당하는 학과는 어디든지 갈 수 있다는 생각으로 상대가 아니면 법대 정도만 정해놓고 공부에만 충실했다.

1957년, 고3이 되었고 대학들이 입시요강을 발표했다. 그런데 서울법대의 요강을 보니 독일어가 필수였다. 그래서 법과대학을 지망했다. 독일어는 과외를 받아서 공부를 하지 않아도 만점을 맞을 수 있었다. '공부를 덜하고 높은 점수를 받을 수 있다'는 것이 법대에 진학한 거의 유일한 이유였다. 그때나 지금이나 성적 좋은 학생들은 너나없이 법과대학을 가기는 했다. 그러나 당시 나에게 법은 무엇이고 법관은 뭐하는 사람이고 왜 법과대학을 가는지에 대한 고민은 없었다.

1학년이던 1958년은 이승만 정권 말기였다. 부정투표, 자유당 정권의 독재가 시대의 화두였다. 당시의 나는 그런 개념이 별로 없었다. 무슨 이유였는지 모르지만 내 관심은 법철학에 가 있었다. 당시 독일의 유명한 법철학자 구스타프 라드브루흐Gustav Radbruch의 법철학이 인기가 높았다. 그때 처음으로 자연법사상이라는 것을 알게 되었다. 자연법이라는 것이 사람이 태어날 때부터 가지고 있는 권리이고 실증법이라는, 그래서 이러한 자연법사상을 포함하지 않는 법은 악법이라는 개념은 어린 법대생에게 신기한 의견으로 보였다. 명동에 있던 독일

서적 전문 '소피아 서점'에서 원전을 구해 읽기도 했다. 카도조 Benjamin Nathan Cardozo 판사의《법의 발달The Growth of Law》,《법률상식Common Sense in Law》등 법의 일반 이론을 다룬 책을 많이 읽었다. 또 영미법의 정신이라든가 그 밖의 법의 일반적인 이론에 관한 특강을 들으면서 앞으로 법철학이라든지 법의 일반 원리와 관련된 공부를 하겠다고 나름 굳은 각오를 했다.

서부영화와 법철학에 빠져 사는 사이 어느새 4학년이 되었다. 이제 군대를 가야 하는데 사병으로 근무하기는 정말 싫었다. 그래서 고시 공부를 시작했다. 공군 법무관이 된 선배들이 입고 다니는 파란 제복이 멋져 보였다. 판검사가 아니라 공군 법무관으로 병역을 마치기 위하여 본격적으로 공부를 시작한 것이다.

3월에 친구와 함께 용인의 원삼면에 방을 하나 얻었다. 친구의 아버님이 초등학교 교장선생님으로 근무 중이셨다. 내가 법 지식을 얻고 있을 때 친구는 '원삼면 면장'이라는 별명을 얻었다. 그는 매일 아침 일찍부터 동네를 돌아다녔고 돌잔치, 환갑잔치 등에도 빠지지 않았다. '내일부터' 공부한다던 친구는 두 달 동안 내일을 기약했고 나는 그동안 공부한 것을 정리하고 서울에서 다시 공부를 시작했다.

1961년 5월이 되었고 쿠데타가 일어났다. 모두들 이 상황에 무슨 고등고시가 있겠느냐며 손을 놓고 있었는데 6월 초에 고등고시 시행공고가 났다. 8월 3일이 1차, 9월 3일이 2차 시험일이었다.

부랴부랴 정신을 차리고 평창동 별장에서 6, 7월을 거의 하루에 서너 시간만 자면서 공부했다. 대개 서울대 법과대학 재학생이나 졸업생은 입시원서를 빨리 제출하면 서울대에서 시험을 칠 수 있었다. 나는 이래저래 늦게 내서 성균관대로 배정되었다. 시험장에 들어가서 보니 어디서 어떤 방식으로 공부를 했는지 긴 머리에 수염이 덥수룩한 사람들이 대부분이었고 짧은 머리는 나밖에 없었다. 산에서 수행을 하다가 내려온 듯한 사람들 중에는 머리가 맑아진다는 약을 마시는 이도 있었다. 뇌신이라고 당시 유행하던 약이었다. 객관식이었던 시험의 답안지를 제출하려고 하는데 양옆에 있던 도사의 풍모를 한 두 사람이 그제야 급하게 답안지를 작성하는 걸 보고 깜짝 놀랐다. 참가하는 데 의의를 두는 올림픽 정신을 보는 듯했다. 80명이 성균관대에서 시험을 쳤는데 합격한 사람은 단 2명밖에 없었다. 1명을 빼고 나머지는 다시 산으로 들어갔을 것 같다.

2차 시험은 운이 좋았다. 선택과목 중 하나가 4년 내내 붙잡고 있던 법철학이었다. 호기심이 행운으로 바뀐 것이다. 내가 공부한 법철학은 일반 학생들에 비해 높은 수준이어서 나름 소신 있게 답을 썼고 높은 점수를 받을 수 있었다. 그래서 원하는 대로 파란 제복을 입고 공군 법무관이 되었다. 파란 제복을 벗은 후에는 검은 법복을 입었다. 그렇게 앞서 말한 일들을 겪으며 오늘에 이르렀다.

아내는 "당신은 성공했고 살 만큼 사니까 자꾸 나쁜 것 보면서 핏대 세우지 말고 그냥 마음 편하게, 딴 사람들도 우리 부러워하니까 그렇게 살자"고 한다. 운이 좋아서 잘된 것도 있고 열심히 노력해서 잘된 것도 있다. 다들 그렇듯 열심히 했는데도 잘 안된 게 있고 열심히 하지 않았는데도 잘 풀린 것도 있다. 어쨌거나 잘 살아왔다. 그리고 앞으로도 잘 살고 싶다. 그런데 아내가 원하는 '마음 편하게 사는 방식'은 내 됨됨이로는 힘들다. '보수주의적인 괴짜'로 살아왔고 앞으로도 그렇게 살 것이 확실하다. 그게 내 나름의 마음 편하게 살아온 방식이고 내가 앞으로 살 방식이기 때문이다.

4부

사람을 위한

법철학

고위공직자의 도덕성 결여

    고위공직자 청문회를 보면서 세 가지 가능성을 생각해보았다. 첫째, 우리 국민 모두가 병역 기피, 부동산 투기, 세금 탈루, 위장 전입, 논문 표절 등 불법이거나 부도덕한 일을 저지르고 산다. 둘째, 그런 사람들만 골라서 고위공직자로 뽑는다. 셋째, 행세깨나 하는 사람들 대부분이 이와 같은 일을 저질렀다.

    위에서 열거한 5대 비리 관련자의 인사 배제를 천명한 문재인 정부도 이전 정부와 크게 다르지 않았다. 이 정부의 탄생 배경을 생각할 때, 그래도 좀 깨끗할 줄 알았더니 옛 정부의 잘못을 그대로 답습했다.

    '관련 사실의 심각성, 의도성, 반복성, 시점 등을 종합적으로 검토하지 않을 수 없다.'

'후보자가 가진 자질과 능력이 관련 사실이 주는 사회적 상실감보다 현저히 크다고 볼 경우에는 인사를 진행하고 있다.'

'빵 한 조각, 닭 한 마리에 얽힌 사연이 다 다르듯 관련 사안도 들여다보면 성격이 다르다.'

대통령 비서실장이 "선거 캠페인과 국정 운영이라는 현실의 무게가 기계적으로 같을 수 없다는 점을 솔직하게 고백하고 양해를 부탁드린다"며 내놓은 말들이다. 자기들 사람을 자리에 앉히기 위해 선정해놓고는 흠집이 발견되자 감언이설을 늘어놓고 있는 것이다. 그래도 이전 정부보다는 낫지 않느냐고 말하고 싶겠지만 법망을 약삭빠르게 피해간 사람들이라는 면에서는 다르지 않다. 왜 '5대 비리 관련자는 꿈에서라도 공직자가 될 생각을 하지 말라'고 말하지 못하는가.

서양의 도덕론자 존 롤스John Rawls는 이렇게 주장한다.

인간의 삶은 가치가 있으며 그렇기 때문에 삶이 시작되었다면 실패하는 것이 아니라 성공하는 것이 중요하다. 이 원칙을 받아들이는 사람은 다른 사람의 삶도 자신의 삶과 똑같이 중요한 것으로 받아들여야 한다. 각자는 자신의 삶에 특별한 책임을 갖고 있는데, 그 책임에는 어떤 종류의 삶이 그에게 성공적일 것인가에 대한 판단이 포함되어 있다. 그러므로 누구든지 삶에 대한 결정, 결단, 판단에 대해 책임을 져야 한다.*

5대 비리는 부작위가 아니라 작위다. 의도치 않은 실수로 벌어지는 일이 아니라 결정, 결단, 판단 후에 한 행동이라는 것이다. 당연히 그에 대한 책임을 져야 한다. 그렇게까지 엄격하게 도덕률을 적용하는 것은 지나치다는 국민적 합의가 없는 한 비리 전력이 있는 사람을 공직에 앉혀서는 안 된다.

칸트는 "도덕률에 대해 관대한 시각을 가진 사람이 있다면 그는 분명 스스로에 대해서도 높이 평가하며 우쭐해 할 것이다. 왜냐하면 그는 잘못된 기준으로 스스로를 판단하기 때문이다"라고 했다. 비리 전력에도 불구하고 공직자가 되겠다고 나서는 사람은 '그 정도의 비리가 있어도 공직을 맡으면 누구보다 잘 할 수 있다'는 특권의식을 가진 자다.

공직이라는 것은 국민의 세금으로 봉급을 받는 자리다. 그리고 여기에는 여러 가지 비리와 지위에 따른 경제적 유혹이 항상 따라다닌다. 과거에 위법을 저지른 사람 혹은 부도덕한 일을 저지른 사람이 이제 공직자가 되었으니 법을 준수하고 부도덕한 일을 하지 않겠다고 말하면 그 말을 그대로 믿어야 하는가. 그때는 편익을 위해 위법하거나 부도덕한 일을 했지만 지나간 일이니 그냥 넘어가자는 말인가.

● 　존 롤스, 《정의론A Theory of Justice》 중에서

사회는 이념들의 공동체를 의미하며 정치, 도덕, 윤리에 대한 공유된 이념 없이는 어떤 사회도 존재할 수 없다. 만약 선과 악에 대한 근본적인 합의에 기초하지 않는다면 사회는 붕괴되고 말 것이다. 한 사회가 도덕규범을 가지고 있는 것은 그것이 절대적으로 옳기 때문이 아니다. 그 사회의 구성원들이 그것을 하나의 진실로 생각하고 또한 그것이 자신들의 삶을 보다 윤택하게 해준다고 믿고 있기 때문이다. 이러한 예속은 사회를 필요로 하는 인류가 반드시 지불해야 하는 대가인 것이다. 따라서 사회가 준수하도록 요구하는 행동의 기준이나 도덕을 위반하는 것은 단순히 그것으로부터 손해를 입는 특정인에 대한 범죄에 그치는 것이 아니라 사회 전체에 대한 해악이다.

　　청문회에 나오는 사람들 대부분이 한 가지 이상의 비리 전력을 갖고 있다. 청문회에서만 시끄럽지 실제로는 임명되는 경우가 많다. '비리를 저지르지 못한 놈이 모자라는가'라는 생각이 자연스럽게 떠오른다. 그러니 법을 따르면 손해라는 한국인의 인식을 틀렸다고만 할 수 있는가. 왜 사회적, 불법적 비리를 옹호하는가.

　　2015년 한국법제연구원이 발표한 국민법의식 조사연구에서 50퍼센트가 법이 잘 지켜지지 않고 있다고 답했다. 그 이유로는 '법대로 살면 손해를 보기 때문에' 그렇다고 답한 사람이 42.5퍼센트, '법을 지키지 않는 사람이 더 많아서'라고 답한 사람이 18.9퍼센트였다. 한마디로 법을 지키지 않는 사람이 더 많고, 그러니까 법을 지키면 손해 본다는 이야기다.

다수가 지키지 않는 법을 혼자서 지키면 손해를 본다. 게다가 법을 지키지 않은 사람이 어떤 처벌도 받지 않으면 억울하다. 황경식 교수는 저서《법치사회와 예치국가》에서 "억울한 사연이 많고 울분이 들끓는 사회라면 그것은 필경 법적으로나 사회적으로 부정한 사회가 아닐 수 없다. 억울한 일이 없는 사회가 즉 정의로운 사회다"라고 썼다. 내가 생각하는 정의는 사람을 사람으로 서로 존중하는 것이지만 황 교수의 말에도 동의가 된다.

사회정의는 절차적 공정함을 통해 지켜진다. 정해진 규칙과 규정대로 예외 없이 모든 사람에게 똑같은 원칙이 적용될 때 절차적 공정함이 실현된다고 할 수 있다. 비슷한 사례는 비슷하게 대우하라는 것이다. 절차적 공정함이 완벽하게 적용될 수는 없다. 늘 빠져나가는 사람이 있다. 그러나 청문회에 나온 고위공직자 후보는 다르다. 법을 지키지 않은 사람이 공무원이 된다면, 그것도 고위공무원이 된다면 누가 누구에게 법을 지키라고 말할 수 있을까.

사실 이렇게 길게 이야기할 주제가 아니다. '위장 전입하라, 병역 기피하라, 세금 탈루하라'라고 했을 때 그것이 사회적으로 용납되겠는가. 재판에 회부한다면 유죄이되 기껏 정상을 참작해 집행유예를 선고하는 사안인데 마치 무죄인 것처럼 떳떳하니 어처구니가 없다.

빵 한 조각, 닭 한 마리에 얽힌 사연은 당연히 사람마다 다르다. 특히 위장 전입의 경우, 개인적인 사연을 들어보면 이해가 가는 면도 있다. 그러나 법에서는 엄연히 위장 전입을 위법이라고 정하고 있다. 개인적으로는 용인이 되지만 공직에 나가는 것은 또 다른 문제다. 억울할 수 있겠으나 법을 어겼으니 공직자가 될 생각을 하지 말라는 것이다.

그러면 법적, 도덕적으로 문제가 없지만 능력도 없는 사람을 그 자리에 앉히라는 말이냐고 물을 수 있다. 나는 조금 무능하더라도 잔꾀 부리지 않는 사람이 더 낫다고 생각한다. 철학만 제대로 정립되어 있는 고위공직자라면 그 아래에 똑똑한 사람들은 얼마든지 있다. '내 능력이라면 이 정도 비리는 있어도 된다'라며 공직자가 되려는 사람들은 창피한 줄 알아야 한다. 염치가 있어야 한다.

경영판단은 엄격하게, 배임죄엔 엄벌을

우리는 눈을 뜨면 삼성전자의 TV를 보고 현대자동차의 차로 출근을 하고 파리바게트의 샌드위치를 간식으로 먹고 저녁에는 하이트진로의 소주나 맥주를 마신다. 이처럼 우리의 생활은 회사의 제품을 소비하는 형태로 돌아가고 있다.

회사를 뜻하는 영어 'corporation'은 '몸'을 뜻하는 라틴어 'corpus'에서 온 말이다. 수많은 개인의 무리가 하나의 몸체로 통일된 것으로서, 자신만의 특별한 이름을 내걸고 인위적인 형태 속에서 지속적으로 대를 이어나가는 존재가 회사다. 법인이 된 회사는 여러 가지 면에서 한 사람의 개인처럼 행동할 수 있는 능력을 법적으로 부여받는다. 법적 의제legal fiction로서 '수많은 개인의 무리'로 이루어진 '새로운 개인'이 법인이다.

여기서 수많은 개인의 무리 중 한 개인과 새로운 개인 간의 관계를 되짚어볼 필요가 있다. 우리가 '박 사장님, 최 사장님'이라고 부를 때 사장이라는 말은 같지만 그 실질적 의미는 다를 수 있다. 박 사장은 작은 식당의 사장이고 최 사장은 주식회사의 사장일 수 있다는 말이다. 규모도 물론 다르지만 두 사람의 지위도 다르다. 박 사장은 식당을 소유하고 있는 주인이지만 최 사장은 사장이라는 직책을 맡고 있는 직원이다. 최 사장이 대주주라고 해도 그의 지위는 달라지지 않는다. 최 사장(이하 임직원 모두)과 회사의 법률관계는 위임관계다. 회사라는 법인이 최 아무개라는 개인에게 사장이라는 직책을 맡긴 것이라는 말이다.

　　왜 이런 이야기를 하는가 하면 법인과 개인의 관계를 모르는 사람들이 많기 때문이다. 언론도 그렇고 일상 대화에서도 기업의 대주주를 '오너owner'라고 표현하는 일이 잦다. 소유 관계를 따진다면 다수의 주주들 중 한 명이고 회장 혹은 사장이라는 직책은 법인의 위임에 따른 것이다. 그러니까 오너라는 말은 개인회사에나 쓸 수 있는 단어다. 대부분의 사람들은 이 관계를 몰라도 살아가는 데 별 지장이 없다. 그런데 경영을 책임지는 자리에 있는 사람들조차 이 위임관계를 엄중하게 인식하지 않는다. 마치 개인회사의 오너처럼 생각하는 것이다. 이런 생각 끝에 나오는 행동이 경영자의 배임이다. 법률과 정관에 따라 회사의 이익을 위한 경영판단이 아니라 회사의 손해에도 불구하고 경영자나 대주주의 개인적 이익을 위한 결정을 하는 것이다.

복잡한 경영상의 판단을 할 때 잘못된 판단으로 회사에 손해를 끼치는 경우 이를 단순히 일반형사법, 민사법 이론에 따라 쉽게 결론 낼 수 없다는 주장도 있다. 우선 경영자의 배임에 관한 대법원의 견해를 보면 다음과 같다.

기업의 경영에는 원천적으로 위험이 내재하고 있어서 경영자가 아무런 개인적인 이익을 취할 의도 없이 선의에 기(초)하여 가능한 범위 내에서 수집된 정보를 바탕으로 기업의 이익에 합치된다는 믿음을 가지고 신중하게 결정을 내렸다 하더라도 그 예측이 빗나가 기업에 손해가 발생하는 경우가 있을 수 있는 바, 이러한 경우에까지 고의에 관한 해석기준을 완화하여 업무상 배임죄의 형사책임을 묻고자 한다면 이는 죄형법정주의˙의 원칙에 위배되는 것임은(왜 죄형법정주의에 위반되는지 설명도 없고, 이해도 되지 않는다) 물론이고, 정책적인 차원에서 볼 때에도 영업이익의 원천인 기업가 정신을 위축시키는 결과를 낳게 되어 당

˙ 어떤 행위기 범죄인지, 그 범죄에 대해 어떤 형벌을 내릴 것인지는 법률에 의해서만 정할 수 있다는 형사법의 대원칙

해 기업뿐만 아니라 사회적으로도 큰 손실이 될 것이다. 따라서 현행 형법상의 배임죄가 위태범[*]이라는 법리를 부인할 수 없다 할지라도, 문제된 경영상의 판단에 이르게 된 경위와 동기, 판단대상인 사업의 내용, 기업이 처한 경제적 상황, 손실 발생의 개연성과 이익 획득의 개연성 등 제반 사정에 비추어 자기 또는 제3자가 재산상 이익을 취득한다는 인식과 본인에게 손해를 가한다는 인식(미필적 인식[**]을 포함)하의 의도적 행위임이 인정되는 경우에 한하여 배임죄의 고의를 인정하는 엄격한 해석기준은 유지되어야 할 것이고, 그러한 인식이 없는데 단순히 본인에게 손해가 발생하였다는 결과만으로 책임을 묻거나 주의 의무를 소홀히 한 과실이 있다는 이유로 책임을 물을 수는 없다 할 것이다.[대법원 2004. 7. 22. 선고 2003도 4229 판결]

미국의 법률가협회가 제시하는 경영판단에 대한 기준은 좀 더 간단하고 쉽다. (1) 이해관계가 없는not interested 이사가 (2) 충분한 정보를 가지고informed (3) 성실하게in good faith (4) 회사의 이익에 부합된다고 합리적으로 믿었다면rationally believe, 이사는 주의 의무를 다한 것이라고 표현하고 있다.

* 결과가 발생하지 않아도 죄가 되는 행위
** 확실히 그렇다고 인식하는 것이 아니라 그럴지도 모른다고 인식하는 것

우리나라 판례도 미국의 법률가협회 준칙과 비슷하게 경영판단의 원칙을 인정하고 있다. 좀 더 구체적으로 살펴보면 이사가 '필요한 정보를 합리적인 정도로 수집하여 충분히 검토한 다음 회사의 이익에 합당한 상당성 있는(타당성 있는, 근거 있는) 판단을 하였다면' 회사에 대한 선관주의 의무善管注意義務[*]를 다한 것이라고 하거나[대법원 2005. 10. 28. 선고 2003다 69638 판결], 이사가 '그 상황에서 합당한 정보를 가지고 적합한 절차에 따라 회사의 최대 이익을 위해서 신의성실에 따라 의사결정을 하였다면' 그 경영판단은 허용되는 재량의 범위 내의 것으로서 회사에 대한 선관주의 의무 내지 충실 의무를 다한 것이라고 판시하고 있다[대법원 2002. 6. 14. 선고 2001다 52407 판결].

나의 사외이사 경험에 비추어보면 이사회에서 논의된 사항 중 경영판단에 해당한다고 볼 수 없는 것이 많았다. 경영이 어렵게 된 기업을 대기업이 인수하면 금융기관이나 정부에서 이에 상응한 혜택을 주는 경우에 과연 이사의 판단이 경영판단이라고 할 수 있겠는가. 우선 혜택을 받고 보자는 심리가 작용한다. 그 외에 스포츠팀 인수, 학교법인에 대한 지원 등과 관련해서는 회사의 대주주 또는 특정 임원의 개인적인 이해관계

- 어떤 사람이 직업 및 사회적 지위에 따라 일반적으로 요구되는 정도의 주의를 기울여야 하는 의무

가 얽혀 있는 사안이 많았다. 법인 임원이 회사 자산을 담보로 돈을 빌리거나 대주주 주변 인물을 고문으로 채용하는 등 확실히 눈에 띄지는 않지만 대주주가 개인 이익을 위해 회사를 이용하는 것이 현실이다. 따라서 경영상 판단은 해당 회사의 경영판단에 엄격히 한정되어야 하고, 조금이라도 대주주 또는 그와 관계된 사람의 사사로운 이익이 얽혀 있는 경우에는 경영판단이라고 고려될 여지가 없다.

우리는 배임죄로 처벌을 받은 재벌기업 경영자들을 여럿 보아왔다. 한 계열사를 위해 다른 계열사들을 이용하여 특정 계열사의 유상증자*에 동원한다든가, 타인의 채무를 회사 이름으로 지급 보증한다든가, 재벌의 회사 경영권을 확보하기 위해 파생상품 계약을 체결하기도 했다. 이들은 대법원 판결을 받을 때까지 회사를 위한 결정을 했는데 판단을 잘못했을 뿐이라고 주장한다. 경영판단을 처벌하면 겁나서 기업 운영을 하겠느냐고 한다. 유죄가 확정된 이후에는 경제 활성화를 위한 사면이 필요하다는 여론전과 로비를 펼치기도 한다. 나는 재벌 일가들 중 사면받지 않은 사람이 누구인지 기억하지 못한다.

그런데 처벌받는 재벌들은 전체 기업 중 극히 일부다. 우리 법원은 여전히 경영판단을 넓게 해석해주고 있다. 규모가

---

* 기업이 주식을 추가로 발행해 자본금을 늘리는 것

크지 않은 기업의 경우는 그냥 넘어가고 있는 것이다. 개인 회사에 비해 법인은 세금부터 시작해 여러 가지 혜택을 받는다. 경영자는 회삿돈으로 차도 타고 신용카드도 법인카드를 쓴다. 또 상장을 하면 큰돈을 만질 수 있다. 이렇게 혜택을 받아놓고 제약은 받지 않으려고 한다. 마치 개인회사처럼 자기 마음대로 하려는 것이다.

대주주를 위한 결정까지 경영판단으로 인정받고 싶은 것이 재벌을 중심으로 한 재계의 오랜 숙원이고 이들을 대변하는 학자들도 있지만 경영판단을 엄격하게 적용하고 배임을 엄벌해야 기업에 더 좋다. 내가 이런 이야기를 하면 기업 변호사가 왜 그러냐고들 하는데 기업과 대주주는 엄연히 다르다는 사실을 명심해야 한다.

상속, 가업승계, 그리고 세금

그것은 방이라고 하기보다는 관이라고 불러야 하는 크기의 공간, 그 좁고 외롭고 정숙해야만 하는 방 안에서 나는 웅크리고 견디고 참고 침묵했다.

소설가 박민규가 2004년에 발표한 단편 〈갑을고시원 체류기〉에 나오는 내용이다. 이런 공간을 차지하는 데도 매월 30만 원 정도의 돈이 필요하다. 약 40시간 알바를 뛰어야 한다. 손바닥만 한 창문 하나 가지려면 또 몇만 원을 더 내야 하고 노동시간은 길어진다. 10년이 넘는 시간이 지났지만 여전히 관 같은 공간에서 사는 청춘들은 많다. (청춘이 아닌 사람들도 물론 많다.) 이들은 외롭고 정숙하게 웅크리고 참고 견디고 있다.

부모의 재산도 실력이라는 세상에서, 흙수저로 태어났으니 이번 생은 틀렸다는 자조가 일상화된 현실에서, 상속에 관한 이야기는 참 조심스럽다. 상속 증여세를 현행보다 더 높이고 엄격하게 징수해야 한다는 쪽과 자기 재산을 자식에게 그대로 물려주고 싶은 쪽의 갈등은 도저히 타협 불가능한 것처럼 보이기도 한다. 서로 합의에 이를 수 있는 길은 도저히 없는 것일까?

현재 시행되고 있는 가업상속 공제제도에서 그 실마리를 찾아보고자 한다. 우리나라는 10년 이상 한 기업을 유지해온 아버지가 자녀에게 그 기업을 물려줄 때 최대 500억 원까지 세금을 공제해주고 있다. 그 대상은 매출액 3,000억 원 미만의 제조업으로 자녀가 2년 이상 그 기업에서 일을 하고 있어야 한다. 이 외에도 몇몇 조건이 있지만 중요하지 않아 여기서는 생략한다.

중소, 중견 제조업이라고는 해도 결국 세습자본주의를 가능하게 하는 제도라는 지적은 당연하다. 다수의 사람들은 그 기업에서 종업원으로 일하고 누구는 아버지를 잘 만난 덕분에 2년만 일하면 사장이 된다. 그런 금수저에게 왜 특별한 세금 혜택까지 줘야 하는가라는 비판 역시 타당하다.

내 개인적으로도 불만은 있다. 왜 제조업만 그러한 혜택을 받는가. 나는 1993년에 법무법인을 창립해 당시 10여 명이 일하던 로펌을 200명 이상의 종업원을 고용하는 로펌으로 성장시켰다. 현재 후배 변호사들에게 승계는 했지만 지분의 승계는 거액의 증여세와 배당소득세로 인해 세무적으로 처리를 못하고 있는 형편이다. 30여 년 동안 기업 변호사로 일한 사람으로서 중소기업의 세제 혜택에 대해 긍정적으로 보고 있는 입장이기는 해도 좀 억울하다는 생각도 든다. 정직하게 신고를 했고 그래서 대략 소득의 50퍼센트를 세금으로 냈다. 남은 재산을 자식들에게 물려주려면 또 50퍼센트를 세금으로 내야 한다. 그러니까 75퍼센트를 세금으로 내야 하는 입장이다. 이쯤에서 개인적인 불만은 접어두고 왜 내가 중소기업의 세제 혜택을 긍정적으로 보는지 설명해야겠다.

가업승계는 재산으로서의 가업이 아니라 경영이념, 가치관, 기술, 노하우 등을 물려줌으로써 일자리 창출 및 유지, 장수기업의 토대 육성, 재무구조 개선 등의 장점을 가지고 있다. 예를 들어 한 중견기업의 사장이 갑자기 사망했다고 하자. 공장부지, 설비 등 기업의 자산이 500억 원이라고 하면 200억 원정도의 상속세를 내야 한다. 세금의 기준이 되는 자산은 많지만 현금은 많지 않다. 어떻게 이 돈을 마련할 수 있을까. 공장을 팔면 세금을 낼 수 있지만 기업의 문을 닫아야 하고 종업원들은 일할 곳을 잃는다. 공장을 팔지 않고 근근이 세금을 냈다 하더라도 개인기업이라면 재무구조가 취약해진다. 상장기업이라면 지분을 팔아서 낼 수 있지만 적대적 인수합병의 위험이 있다. 옳고 그름을 떠나 기업을 있는 그대로 물려주기 위해 불법 혹은 편법을 쓰고 싶은 유혹이 강할 것이고 실제 그런 사례들도 충분히 많다. 예를 들어 삼성물산과 제일모직 합병에 있어서 이재용 삼성전자 부회장이 제일모직의 이익을 줄이는 식으로 삼성물산의 주식을 부당하게 취급했던 경우가 대표적이다.

'그래서 기업의 경우 상속 증여세를 면제해주자는 거냐? 기업 변호사라고 기업 편드는 거냐?'라는 생각이 들 수 있다. 일단 이 글을 끝까지 읽어본 후 비판하기 바란다.

나는 기업을 자식에게 물려주는 것에 대한 부정적 인식을 해소하려면 물려주고 물려받을 당사자들이 먼저 변해야 한다고 생각한다. '내가 노력해서 일군 기업을 자식에게 물려주겠다는데 무슨 상관인가, 우리 아빠 재산을 내가 물려받겠다는데 무슨 상관인가.' 이런 인식은 곤란하다. 그런 마음이 들 수는 있지만 사회적으로 받아들여지기 힘들다. 그리고 기업을 하면서 사회의 혜택을 받지 않은 것처럼 여기는 것도 사실에 부합하지 않는다.

좀 오래된 일이기는 해도 우리나라 기업이 얼마나 큰 혜택을 받았는지 보여주는 '재미있는' 사례를 소개하겠다. 1970년대 중반 서울형사지방법원에서 근무할 때 맡은 사건이 있었다.

피고가 나를 보고 하소연했다.

"판사님, 판사님! 꾼 돈 갚은 게 죕니까?"

작은 기업을 하던 사람이 지인에게 빌린 돈을 갚았는데 그것으로 기소가 된 것이었다. 젊은이들은 빌린 돈을 갚지 않은 죄는 알아도 빌린 돈을 갚은 죄는 금시초문일 것이다. 그런데 거짓말이 아니고 실제로 있었던 일이다. 1972년 박정희 대통령은 긴급명령 15호를 발동했다. 긴급명령은 법률과 동일한 효력을 가졌는데, 그중 긴급명령 15호는 일명 사채동결조치라고도 불렸다. 1970년대 초 선진국들의 경기침체가 국내 기업에도 악영향을 미치고 있을 때였다. 그래서 기업이 빌린 사채를 3년 거치 후 5년 동안 6개월씩 분할해 갚도록 했다. 이 명령을 어기면 3년 이하의 징역에 처할 수도 있었다. 당시 나는 "죄라기보다도 나라에서 하지 말라는 것을 했기 때문에 거기에 책임을 지라는 겁니다" 하고서 집행유예나 벌금 등 가벼운 처벌을 했었다. 빌린 돈을 갚았다가 실형을 산 사람도 없지 않았을 것이다. 전 세계를 통틀어 지급유예를 시켜준 일은 있어도 채무자가 빚을 갚았다고 처벌한 경우는 없다.

이렇게 부당한 지원을 포함해 우리나라 기업들이 성장한 데는 정부의 막대한 지원이 있었고 지금도 있다. 기업은 마치 무에서 유를 창조했다는 듯이, 다 자기가 잘난 덕분이라고 생각해서는 안 된다. 정부의 지원을 받는 것도, 세금 혜택을 받는 것도, 자식에게 물려주는 것도 당연하게 생각해서는 안 된다. 그런 혜택을 받은 대가로 국가 경제에 어떤 이바지를 했는지 홍보하는 것은 당사자들의 몫이다. 기업인으로서 사회에 어떤 봉사를 했는가, 일자리를 얼마나 창출했는가, 법인세 또는 개인소득세(종업원 포함)를 얼마나 납부했는가, 회계 및 경영의 투명화를 어떻게 이루었는가 등을 시민들에게 알려야 한다.

일반 시민들도 세금 쪽으로만 보지 말고 기업의 기능이 그대로 이어지려면 어떤 방법이 좋을까를 생각해보기를 바란다. 세금을 통해 일정 정도 부의 재분배를 이뤄야 한다는 것은 맞다. 또한 자식에게 자기 재산을 온전하게 물려주고 싶은 마음도 이해 못할 바 아니다. 양쪽이 생각만 바꾸면 다 해결된다는 게 아니라 관점을 조금씩 바꿔서 절충점을 찾아보자는 것이다. 우리나라 전체 세금 중에서 상속 증여세가 차지하는 비중이 2020년 기준으로 2.8퍼센트다. 2018년 2.5퍼센트에서 0.3퍼센트포인트 올랐다. 최선을 다해 빼돌리고 그걸 찾아내 징수해야 하니까 너무 많은 노력과 비용과 시간이 들어간다. 그리고 사회적인 갈등도 크다.

나는 수십 년 동안 기업을 운영하면서 고용을 하고 정직하게 세금을 냈다면 상속 증여세를 물리지 않아도 된다고 생각한다. 모든 기업에 다 적용하자는 게 아니고 위원회든 뭐든 심사기관과 규정을 만들어서 투명하게 경영하면서 내야 할 세금을 제대로 내고 종업원 고용도 많이 했다는 결과가 나오면 상속 증여세를 면제해주는 것이 과도한 혜택은 아닌 것 같다. 이것이 과하다면 충분히 긴 기간 동안 세금을 분납할 수 있도록 하는 것도 생각해볼 수 있겠다. 현재는 관할세무서장의 허가를 받아야 한다. 이런 제도가 있다면 기업들도 일반 시민들이 원하는 정직한 세금 납부, 경영의 투명화, 고용 창출에 더 적극적인 관심을 가지지 않을까 하는 생각도 든다.

얼핏 관련 없어 보이겠지만 이 부분에서 기본소득과 결부하여 이야기하고자 한다.

나는 기본소득에 반대하는 입장이었다. 그런데 젊은 사람들이 자신보다 더 젊은 사람들의 처지에 대해 쓴 책을 보고 생각을 바꿨다. 열심히, 정말 열심히 '노오력'하고 있는데도 관 같은 방을 벗어나지 못하는 청춘의 이야기에 마음이 아팠다.

또 '괴물이 된 이십대의 자화상'이라는 부제가 붙은《우리는 차별에 찬성합니다》라는 책을 읽으면서는 가슴이 섬뜩하고 안타까웠다. 저자는 이 책에서 연세대 학생은 서울대 학생 앞에서 주눅이 들지만 성균관대 학생을 깔보고, 서울대 학생들은 과별로 주눅이 들고 깔보는 20대의 '서열중독증'을 고발하고 있다. 그들은 경쟁사회의 피해자이면서도 서로에게 다시 가해자가 되어 수능 점수에 따라 자신과 상대를 서열화하는 것에 무슨 문제가 있는지조차 판단할 눈을 가지고 있지 못하다고 지적했다. 경쟁에서 도태된 사람은 비참한 삶을 사는 것이 당연하다는 의식이 젊은이들 사이에 일반화되고 있다는 것은 충격적이었다. 서열화와 과도한 경쟁은 직접적 빈곤과 관련된 것은 아니지만, 그러한 피폐한 심성은 언제 나락으로 떨어질지 모른다는 공포, 그리고 경쟁에서 탈락한 자들과 구별되고 싶다는 욕망에 기인할 것이다. 비참한 생활을 하는 이들이 없다면 그들과 구별되려고 노력할 필요가 없다.

젊은이들뿐만 아니다. 노인들의 빈곤도 심각한 지경이다. 우리나라의 노인 자살률은 '압도적인' 세계 1위이고 이는 빈곤과 연결되어 있다. 우물에 빠진 아이가 있으면 우선 안아 올리는 것이 인지상정이다. 부주의했으니(노력하지 않았으니) 빠져 죽어도 어쩔 수 없다는 것은 사람의 태도가 아니다.

나는 우리 사회가 지금보다 더 따뜻했으면 좋겠다. 내가 힘들 때 이웃이 나를 도와줄 거라는 기대와 신뢰가 있었으면 좋겠다. 경쟁 만능의 신자유주의의 삭막함보다는 측은지심이 있는 훈훈한 사회가 되었으면 좋겠다. 측은지심이 없는 인간은 인간이 아니다. 맹수와 다를 바 없다. 그래서 장기 소액연체자의 채권 소멸에 대해 도덕적 해이를 우려하는 의견에 반대한다. 설령 노력하지 않았어도, 젊었을 때 흥청망청해서 가난해졌어도 사람을 사람으로 살게는 해줘야 한다. 인간인 이상, 국가인 이상 사람답게 살게는 해줘야 한다. 여기에 무슨 진보가 있고 보수가 있는가. 기업이 망할 때는 몇 조 원씩 퍼주면서, 여러 언론도 당연히 그래야 하는 것처럼 보도하면서, 힘들게 사는 개인을 지원한다고 할 때는 왜들 그렇게 인색한가. 최소한으로도 사람을 보호해주지 않는 사회라면 그런 사회가 정한 규칙을 누가 지키고 싶을까. '적어도 우리는 같은 인간이니까 같이 돕자'라고 하면 얼마나 훈훈한가.

장기 소액연체자의 채권소멸을 반대하는 입장에서는 그 재원은 어떻게 조달할 것인가라고 물을 것이다. 나는 무기명 채권이 해법이 될 수 있다고 생각한다. 정부가 50년 내지 100년 만기의 무기명 장기채권을 발행하고 그것으로 상속 증여를 하게 하자는 것이다. 쉽게 말해 상속이나 증여를 하려는 사람은 세금 부담 없이 무기명 장기채권을 사서 자식에게 양도하게 하고. 그 대신 정부가 이자 없이 그 돈을 쓰게 한다는 것이다. 이 채권으로 생긴 돈은 목적세처럼 해서 기본소득에만 쓰게 하면 합의가 될 듯도 하다. '부자들이 세금도 안 내고 상속을 하게 하자는 것이냐?'고 따진다면 그러면 어떻게 하자는 거냐고 묻고 싶다. 그렇게 해서라도 돈을 만들어서 당장 힘든 사람들을 도와줘야 할 것 아닌가. IMF 직후, 김대중 정부 때도 발행한 적이 있으니 황당한 제안도 아니다.

기본소득은 선별하지 않고 국민 모두에게 주는 돈이다. 기본소득이 100만 원이라고 할 때, 재벌도 100만 원을 받고 고시원에 사는 사람도 100만 원을 받는다. 어지간히 사는 사람에게는 줄 필요가 없다는 논리도 가능하지만 선별하는 데 많은 행정력이 소모된다. 차라리 스스로 '나는 기본소득을 받지 않겠소' 하는 사람에게 다른 인센티브를 주는 것도 방법이다.

'상속 증여를 받았으니 무조건 세금을 내라', '내가 세금 내려고 힘들게 돈 번 줄 아느냐' 이렇게 서로의 입장에서 벗어나지 않으면 방법이 없다. 있는 사람들에게 탈출구를 열어주고 그 돈으로 모든 국민이 사람답게 살 수 있는 기본을 갖춰주면 우리 사회가 훈훈해질 것 같다.

국민을 위한 사법개혁

검찰을 개혁할 거라고 한다. 경찰개혁위원회라는 조직도 생겼고 국회도 움직이고 있다. 지금 거론되는 검찰 개혁의 최고 화두는 검경 수사권 조정이다. 현재는 기소권을 가진 검사가 수사지휘권과 직접수사권을 가지고 있어서 경찰이 영장을 청구해도 검찰이 반려하면 수사를 할 수 없게 되어 있다. 이에 경찰 쪽에서는 경찰은 수사, 검찰은 기소와 공소 유지를 담당해야 한다고 주장한다. 그러나 경찰의 강압수사를 불러올 수 있다는 반대의견도 만만찮다. 검찰 내부에서는 수사권을 뺏기지 않으려 하고, 경찰 내부에서는 자기네가 가져오려고 애쓰고 있겠지만 이건 논쟁의 여지가 없다.

검찰은 스스로 공익의 대변자, 인권의 보루라고 하는데 어림없는 소리다. 검찰이 권력의 하수인 노릇한 게 어디 하루 이틀의 일인가. 서른 살도 안 된 검사가 쉰이 넘은 경찰서장을 "야! 서장!" 하고 불러도 별 문제가 되지 않는 조직이 무슨 인권을 운운하는가. 그건 일부 검사의 개인적 일탈이고, 지금부터 달라질 거라고 모든 검사들이 진심으로 반성을 해도 수사권은 경찰로 넘기는 것이 맞다. 경찰이 뭘 특별히 잘해서가 아니라 권력을 독점하는 조직은 반드시 부패하기 때문이다. 경찰역시 연방경찰과 주경찰로 나누는 미국처럼 분리하는 방향으로 가야 한다. 특정 국가기관의 권한이 강할수록 국민의 권리, 존엄은 낮아진다. 다소 혼란이 있고 비효율적인 면이 있더라도 권력기관은 분산되는 것이 맞다.

검경 수사권 조정에 대한 내 의견은 이것으로 족할 듯싶다. 진짜 하고 싶은 이야기는 따로 있다.

사법개혁을 한다면 조사받거나 재판받는 사람을 위한 개혁이어야 하는데 그런 이야기는 하나도 없다는 것이다. 때로 자기들 자리싸움하는 것 같은 인상을 받는 것도 이런 이유 때문이다. 수사권 조정도 중요하지만 조사를 받는 피의자나 사건에 관련된 사람을 조금도 존중하지 않는 병폐를 고쳐야 한다. 피의자라고 해서 사람 취급하지 않는 야만의 시대를 벗어나야 한다. 이런 병폐를 개선하기 위해 몇 가지 제안을 하면 이렇다.

첫째, 검찰이나 경찰이 누군가를 구속 또는 연행하여 조사하고 있을 때 이 사실을 가족들이 알 수 있도록 하는 것이다. 예를 들어 가족 중 누군가가 경찰에 연행되었다고 하자. 그러면 가족들은 어디에 어떤 죄목으로 붙잡혀 있는지 알아야 한다. 그런데 '공식적인 통로'로 알 수 있는 방법이 없다. 파출소로 경찰서로 우왕좌왕하다 보면 친절한 누군가가 무슨 일이냐고 물어본다. '아들이 잡혀 있다' '이름이 뭐냐? 아는 경찰을 통해 알아봐주겠다.' 이런 식으로 해서 '좋은 변호사'를 소개해준다. 이게 법조 브로커의 전형이다. 궁지에 처한 다급한 사람의 마음을 이용해 사건을 수임하고 커미션을 받는 것이다. 어디에 무슨 죄목으로 잡혀 있다는 정보만 가족에게 통보해줘도 이런 법조 브로커를 상당 부분 근절할 수 있다.

이들 브로커는 사법 불신을 초래하는 원인 중 하나다. 소송에 걸리거나 피의자가 된 보통의 사람들은 변호사에 대한 정보가 없다. 그러면 법원이나 검찰의 일반직들에게 실력 있는 변호사가 누군지 물어본다. '얼마 전에 개업한 아무개 변호사가 담당 판사하고 동기인데'라는 식으로 특정 변호사를 소개하는 직원이 바로 법조 브로커인 셈이다. 공무원들은 변호사를 소개하면 안 된다. 법이 그렇게 되어 있고 변호사법에도 제3자를 통해 수임하지 말라고 되어 있다. 그런데도 소개를 하고 커미션을 챙긴다. 사무실도 없이 브로커만 두고 장사를 하는 변호사도 있다. 브로커들하고 잘 어울리기만 하면 사건이 오니까 실력을 닦을 필요도 없다. 창피한 줄도 모른다.

　브로커 문제를 제외하더라도 검찰이나 경찰이 나를 잡아와서 붙들고 있는데 가족이 모른다면 납치 감금과 다르지 않다. 납치 감금은 국가기관이 할 일은 아니다. 누군가를 조사하고 있다는 사실을 알려주는 것이 어려운 일도 아니다. 홈페이지 하나 만들어서 조사하고 있는 기관이 의무적으로 정보를 올리게 하면 간단하게 해결할 수 있다. 익명을 보장하면서 할 방법은 얼마든지 있다. 검찰에 있는 사람들에게 물어봐도 쉽게 된다고 한다. 그런데 왜 안 하느냐고 물어보면 '수사기밀상' 그럴 수 없다고 답한다. 내게는 수사를 편하게 하겠다는 말로 들린다.

　둘째, 사람을 부를 때 정식으로 소환장을 작성해서 명부에 올린 다음 보내라는 것이다. 그래야 자의적인 소환이 없어진다. 경찰이든 검찰이든 전화로 사람을 부른다. '검찰인데, 내일 나오세요.' '왜요?' '와 보면 압니다.' 이런 식이다. 밤 11시에 전화해서 '내일 오후 2시까지 나오세요' 하면 전화를 받는 사람은 가슴이 철렁 내려앉는다. 참고인 신분이니까 나가지 않아도 되지만 안 나가면 불안하고 나가서 무슨 일인지 알고 싶다. 또 출석하지 않으면 검사에게 '찍힐까 봐' 겁도 난다. 오라는 시간에 가면 바로 조사를 시작하지도 않는다. 그렇게 사람을 불안하게 만든다. 누구나 경찰이나 검찰 앞에 가면 우선 당황하고 겁이 난다. 그럴수록 더 친절하게 대해줘야 하는데 그렇지 않아도 불안한 사람을 더 불안하게 한다. 그러니까 한 번이라도 경험한 사람은 사법부라고 하면 욕밖에 안 나오는 것이다. 그런데 정식으로 소환장을 발부하는 방법 역시 수사기밀상 안 된다고 한다.

누가 나를 고소했을 때도 수사기밀을 들먹인다. '경찰 조사계로 조사받으러 오시오.' '무슨 일입니까?' '누가 고소를 했어요.' '고소장 좀 봅시다.' ' 아, 그건 수사기밀상 못 줍니다.' 이 수사기밀이 정말 기밀인가 하면 그렇지도 않다. 아는 사람을 통하거나 몇 푼 찔러주면 고소장을 카피까지 해준다. 세상에 그런 게 어디 있느냐고 하겠지만 현실이 그렇다. 고소를 당한 입장에서 법적인 방어를 해야 하는데 그것조차 수사기밀이라고 하니 엉터리라는 것이다.

셋째, 검찰에서 조사를 받을 때 변호사 입회를 의무화하고 변호사 없이 만든 조서는 효력이 없도록 해야 한다. 법에는 '변호사가 입회할 수 있다'라고 되어 있다. 바락바락 악을 쓰면 입회할 수 있지만 이렇게 하는 변호사는 거의 없다. 변호사가 존재하는 이유는 법률적으로 조력해주기 위해서다. 본인은 별 생각 없이 한 이야기도 법률 전문가가 볼 때는 오해를 살 수 있는 문구가 있다. 조사 담당자가 유도신문을 하기도 한다. 그럴 때 영화에서 보듯, 변호사가 대답하지 말라고 말해주어야 한다. 또 변호사가 옆에 있으면 든든하고 강압적인 수사도 못한다.

원할 경우, 비디오도 찍게 하면 더 좋다.

벌써 20여 년 전에 미국에서 우리 클라이언트가 조사를 받은 적이 있다. 독점규제법 위반이었던 것으로 기억하는데 많이 놀랐다. 검사들이 우리 보고 조사받을 장소를 정하라고 했다. 그것도 놀라운데 '당신들이 방어하는 건 당신들의 권리니까 최대한 그 권리를 행사하라'는 태도에 더 놀랐다. 조사는 우리 변호사 사무실에서 이뤄졌고 소리 지르거나 윽박지르지 않았다. 그들이 하는 일은 사람을 몰아세우는 게 아니라 질문을 하고 증거를 찾는 거였다. 우리나라처럼 수시로 사람을 부르거나 압수수색한다고 뒤집어엎는 일은 없었다.

얼마 전 검찰 출신으로 검찰 조사를 받고 나온 후배가 "이번에 보니까 검사들 정말 나쁜 놈들이더라"고 했다. 조사받으면서 모멸감을 느꼈다는 것이다. 같이 밥을 먹으면서 내가 말해주었다.

"억울하게 생각하지 마. 너도 검사하면서 그런 짓 많이 했을 거다. 너에게까지 그럴 정도면 다른 사람들은 오죽했겠냐."

이런 병폐들을 현직에 있는 검사들은 알지 못한다. 검사 친구에게 내 제안들을 말했을 때 하나같이 수사의 기밀을 들먹였다. 그러다가 변호사가 되면 '황판, 네 말이 맞더라'고 한다.

내 제안은 모두 조사받는 사람의 존엄을 위한 것이다. '네 이놈, 네 죄를 네가 알렸다!'라고 윽박지르는 조선시대의 사또

같은 수사방식을 버려야 한다. 죄 지은 사람을 처벌하지 못하더라도 제대로 된 절차를 지키고, 인간적인 대접을 하면서 스마트하게 조사를 하라는 얘기다. 검찰이 법률가의 본연으로 돌아와야 한다.

한 가지 더. 고위공직자범죄수사처(공수처) 설립도 최근의 화두다. 한 여론조사에 따르면 국민의 67퍼센트가 찬성한다는데 나는 필요 없다고 본다. 권력기관이 생기면 상대적으로 국민의 권리가 줄어든다는 것이 반대하는 이유다. 그리고 우리는 검찰도 있고 경찰도 있고 감사원도 있다. 왜 고위공직자라고 수사를 못하는가. 정치권력을 가진 자들이 하지 않으려고 하고 그 눈치를 보는 자들이 알아서 기니까 그런 것이다. 눈치 보는 사람들이 공수처에 가면 정치권력의 눈 밖에 난 공직자만 못살게 굴 것이다. 농담을 한마디 하면, 공수처 만들어서 법적인 처벌을 하는 것보다 기분 나쁜 놈 데려다가 볼기를 치는 쪽이 국민들의 울화통 터지는 속을 더 시원하게 할 것이다.

결국 제도를 운영하는 것은 사람이다. 검찰의 나쁜 버릇을 바꿔야지 제도만 바꾼다고 되는 일이 아니다. 권력을 어떻게 나눠 붙일까만 생각하지 말고 국민들의 피부에 와닿는 개혁이 뭔지 고민해주기 바란다. 수사를 받는 일반 국민들을 보호하는 개혁이 되기를 바란다.

오죽하면 청탁금지법

사회계약을 위한 원초적 입장Original position 상황하의 합의 당사자는 무지의 장막Veil of Ignorance 뒤에서 자신이 처해 있는 상황을 알지 못한 채 합의를 이루어야 하며, 합의 이후 자신의 처지가 사회에서 가장 불리한 처지인 최소수혜자the Least Favored 라고 하더라도 인간다운 삶을 누릴 수 있는 최소극대화 규칙 Maximin Rule에 따라 합의하여야 한다.

미국의 철학자 존 롤스가 자신의 저서 《정의론》에 쓴 글이다. 철학자의 책이라서 그런지 말이 좀 어렵다. 간단하게 정리하면 두 사람이 어떤 합의를 한다고 할 때 서로가 누구인지, 어떤 상황에 있는지 몰라야 한다는 것이다. 상대가 누구인지 아는 순간 힘의 우열이 발생하고 그러면 '자유와 평등에 입각한' 합의가 불가능하다. 대령과 이병, 사장과 직원, 여유로운 사람과 사정이 다급한 사람 등의 관계에서 평등한 합의가 이루어지지 않을 것이다. 시쳇말로 계급장 떼고 합의를 하자는 것이다.

물론 상대를 전혀 모르는 '무지의 장막'을 사이에 두고 하는 합의는 현실에서는 없다. 다만 상대가 대통령인지 농부인지 비정규직인지 모르는 상태라고 가정한다면 알았을 때와는 다른 합의에 이른다는 얘기다. 법철학적 관점에서 '부정청탁 및 금품 등 수수의 금지에 관한 법률(청탁금지법)', 소위 김영란법과 일맥상통하는 부분이다.

사람들은 늘 부당한 대우를 받을까 봐, 무시당할까 봐 불안한 것 같다. 친분 있는 공무원이 없으면 자신의 민원이 제대로 처리되지 않을 것 같다. 아는 의사가 없으면 진료도 대충 해주고 수술 날짜도 뒤로 미뤄질 것 같다. 종종 담임선생님께 얼굴을 비춰야 우리 아이가 푸대접을 받지 않을 것 같다. 그래서 무지의 장막 뒤에 있는 것이 아니라 유리한 지위를 차지하기 위해 친분 맺기, 인맥 쌓기에 분주했다. 고향을 사랑하지 않아도 향우회에 열심히 나가고 모교를 사랑하지 않아도 동문회에 적극 참석했다. '알아두면 언젠가 도움이 될 사람'을 열심히 소개받았고 아주 가는 끈이라도 발굴해서 인연을 만들려고 했다. 그렇게 쌓은 인맥으로 재빠르게 민원이 처리되게 하고 한참을

기다려야 한다는 입원실을 잡아주면 능력 있는 사람으로 인정받았다. 이런 비정상이 일반화되고 확대 재생산되어 사회적 불평등을 심화시켜온 것이다. 내가 어떤 처지에 있든 공정한 대우를 받을 거라고 기대하기 어려운 사회다. 신뢰가 땅에 떨어진 것이다.

청탁금지법은 법령에서 정해진 사항을 위반해 업무를 처리해달라고 '청탁하는 그 자체'를 규제하는 법이다. 그럼으로써 알선과 청탁의 고리를 끊고 공직사회에 대한 신뢰를 회복하자는 것이다. 민원인이 어떤 처지에 있든 정해진 법령에 따라 공공기관의 업무를 처리하라는 이 법이 성공적으로 정착된다면 '직위를 이용한 알선 및 청탁'이 근절되고 우리 사회에 존재하는 부정부패의 상당 부분이 개선될 수 있다. 취업, 입학 등의 청탁이 없어지면 공정한 경쟁과 능력 중심의 인재 선발이 이뤄질 수 있다. 그러면 법에 대한 신뢰는 물론이고 국민이 갖고 있는 부당한 대우에 대한 불안도 완화될 것이다.

그런데 여전히 반대의 목소리는 있다. 요식업자, 화훼업자, 농축산업자의 반대가 특히 심하다. 몇몇 언론들도 이들의 말을 빌려 반대하는 기사를 낸다. 당장 매출이 줄어든다고 하니 인간적으로 안쓰러운 마음이야 있지만, 그동안 해당 산업이 공직자 등에 대한 접대문화에 의존하는 정도가 상당한 비중이었음을 보여준다. 그 매출이 누군가에게는 부당한 이익을, 누군가에게는 부당한 손해를 끼치는 데 이용되었다면 다른 대책을 요구할 일이지 반대할 일은 아니라고 생각한다.

청탁금지법의 '사회상규(일반적인 사회윤리나 사회통념)에 위반되지 않는 사항'이라는 문구가 죄형법정주의에 위배된다는 주장도 있었다. 그러나 '사회상규'라는 개념은 형법 제20조에서도 사용되고 있다. 대법원은 일관되게 형법 제20조의 '사회상규에 위배되지 아니하는 행위'라 함은 법질서 전체의 정신이나 그 배후에 놓여 있는 사회윤리 내지 사회통념에 비추어 용인될 수 있는 행위를 말한다고 판시해 오고 있다. 부정청탁금지조항의 사회상규도 이와 달리 해석할 아무런 이유가 없다.

복잡하고 빠르게 변화하는 사회에서 사회상규상 허용되는 모든 상황을 법률에 구체적으로 열거하는 것은 입법을 기술하는 측면에서 불가능에 가깝다. 용어가 다소 포괄적이고 추상적이지만 청탁금지법의 입법 배경과 취지, 관련 조항 등을 고려한 법관의 보충적 해석으로 충분히 그 의미를 확인할 수 있다.

또 하나 사람들이 많이 혼동하는 것이 본인을 위한 청탁과 제3자를 위한 청탁이다. 내가 병원이나 관공서에 가서 빨리 처리해달라고 하는 건 청탁금지법의 대상이 아니다. 물론 그 대가로 금품을 주면 뇌물죄다. 친구든 부하든 아는 누군가에게 제3자의 일을 부탁할 때 청탁금지법이 적용된다. 애초 법을 해석하는 국민권익위원회의 준비가 부족했고 사람들이 식사 3만 원,

선물 5만 원, 경조사비 10만 원에 집중하느라 생긴 오해다.

내가 청탁금지법에서 보는 문제는 집행력이다. 처음 청탁이 들어오면 거절의 의무가 있다. 또다시 청탁이 들어오면 상사에게 신고해야 하는 의무가 있다. 청탁이 가능하려면 일정 정도 이상 친분이 있는 사이여야 한다. 그런 사이에 청탁을 두 번 했다고 어떻게 신고를 하겠는가. 청탁하는 사람도 조심하게 되고 받는 사람도 거절할 명분이 생겨서 근절하는 데 도움이야 되겠지만 집행력은 떨어진다. 법을 제정할 게 아니라 국민운동 형식으로 갔으면 좋았겠다는 아쉬움이 있다. 하지만 이 법을 만들 정도로 우리 사회에 청탁이 많았다는 것을 생각하면 필요한 법이라고 생각한다.

헬조선, 금수저, 흙수저 등의 슬픈 유행어에는 한국 사회가 불평등하고 특정 기득권층에 유리한 구조라는 인식이 깔려 있다. 있는 놈들이 끼리끼리 해먹는다는 인식 역시 강하다. 2016년 GDP 순위가 세계에서 11인 국가의 부패인식지수(청렴도)가 '국제투명성기구' 발표 기준 52위라는 부끄러운 기록도 있다.

• 2017년 12월 11일 축의금 상한액을 10만 원에서 5만 원으로 낮추고 선물 가액을 농수축산물에 한정해 5만 원에서 10만 원까지 늘린 김영란법 시행령 개성안이 가결되었다.

오죽했으면 최초 제안자이자 발의자인 김영란 전 대법관
도 "우리 사회의 오래된 관행과 습관, 문화를 바꾸는 법"이라
고 했을까.

합의와 판결 사이, 조정 절차의 중요성

살아가면서 타인과의 갈등과 분쟁을 피할 방법은 없다. 크든 작든 이해관계의 대립 내지 충돌은 있게 마련이다. 서로 합리적인 선에서 양보해서 분쟁을 해결하는 것이 가장 좋지만 대화를 할수록 상황이 나빠지는 경우도 있다. 그럴 때 최후의 수단으로 법을 찾는다. 소송을 하고 판결이 내려지면 분쟁은 일단락된다. 조정은 당사자들 간의 합의와 판결 사이에 있는 절차로, '갈등 분쟁 당사자가 신청한 조정자(분쟁과 관련 없는 제3자)가 분쟁 해결을 위한 의견 교환, 상호 양보를 통한 협상을 함에 있어서 당사자들을 도와 분쟁을 해결하는 절차'를 말한다.

해결되지 않는 갈등과 분쟁은 몸과 마음을 피폐하게 만든다. 1, 2, 3심을 거치는 경우 시간과 비용의 손실도 너무 크다.

일단 소송을 시작했더라도 이왕이면 빨리 해결하는 게 좋은데 우리 사회는 대화와 타협을 통해 갈등을 해결하는 문화가 없다. 그런 기술을 교육받은 적이 없기 때문에 대화를 하면 할수록 갈등이 증폭되는 양상이 나타난다.

조정자가 있으면 당사자들만의 대면 협상에 비해 여러 가지 장점이 있다.

첫째, 서로 적대적이고 감정적인 이해관계 당사자들이 조정자라는 완충 역할을 두고 같은 장소에서 모여 대화할 수 있다.

둘째, 변호사는 한쪽의 입장에서만 조언하는 데 반해 조정자는 양측 상대방의 결정권자에게 객관적이고 우호적인 분위기에서 조언할 수 있다.

셋째, 조정자는 상대방이 모르게 비밀을 유지하면서 한쪽에게 협상에 대한 입장과 협상 시 처음 제안 또는 다음 협상 시의 입장과 최후 양보선 등을 제시할 수 있다. 이렇게 함으로써 양쪽이 합의할 수 있는 양보점을 찾아내 협상을 촉진시킬 수 있다.

넷째, 반발적 가치폄하reactive devaluation의 장애를 극복할 수 있다. 반발적 가치폄하란 자기와 입장이 다른 사람의 의견이나 제안이라는 이유로 반발하고 싶어지는 심리를 말한다. 즉 '상대방이 원한다면 나는 그렇게 할 수 없다'는 심리다. 최근 실시된 스탠퍼드대학 갈등협상연구소의 조사 결과에 따르면,

자기 또는 중립적인 제3자가 제시할 때에는 합리적이고 매력적인 협상안도 상대방이 제안하면 갑자기 합리적이지도, 매력적이지도 않은 제안으로 받아들인다는 사실이 밝혀졌다. 이 연구는 소송 절차에서의 제3자의 조정이 필요함을 확인시켜 준다.

다섯째, 당사자들은 조정자에게 자기에게 유리한 사실, 감정 등을 충분히 설명하고 하소연할 기회를 가지게 된다. 이렇게 되면 이제까지 이 협상 절차에 투입한 노력이 아까워서라도 가능한 범위 내에서 해결 방법을 찾아보려 노력하게 된다.

이와 같은 장점에도 불구하고 조정 절차가 적극적으로 이용되지 않은 이유는 우선 당사자들이 원하지 않기 때문이다. 실제로 개인적인 원한 관계로 시작되는 소송은 별로 없다. 대부분 돈이 원인이고 그 액수도 그렇게 크지 않다. 그런데 소송까지 올 정도가 되면 이미 상대방에 대한 원한이 쌓일 대로 쌓여 있다. 상대방을 악으로 규정하고 재판에 이김으로써 자신의 옳음을 증명하려고 한다. 만약 재판에서 지면 자신이 악이 되므로 끝까지 가서 반드시 이겨야만 한다는 생각을 갖게 된다. 이런 성향은 개인만의 문제는 아니다. 기업들도 상대방을 악으로 규정하고 옳고 그른 것을 반드시 가리려고 한다. 이런 상황에서 조정 절차는 무의미해진다.

반면 오랜 경험이 축적된 산업 선진국에서는 기업 간 혹은 기업 내부의 갈등과 분쟁은 늘 있는 것으로 받아들이면서 조속히 갈등 해소에 집중한다. 물론 소송으로 끝을 보려는 기업도 있다. 그럴 경우 '당신네들의 목적이 소송하는 것에 있냐 아니면 이익을 내는 것에 있냐? 빨리 끝내는 것이 돈 버는 일이다'라고 말하면 무엇이 자기들에게 더 이익인지 금세 알아챈다. 미국의 경우, 개인 간의 소송 중 80퍼센트가 조정으로 해결된다. 조정 절차를 통해 자신의 생각과 법이 다르다는 것을 알게 되기도 하고 자신이 너무 지나치게 요구하고 있음을 알게 되는 것이다.

당사자들뿐만 아니라 판사들도 조정 절차를 적극적으로 이용하지 않는다. 사건을 검토할 때 조정에 회부할 만한 사건인지 빨리 판단하고 조치하면 좋은데 갖고 있다가 골치 아파지면 그제야 보내는 경우가 많다. 소송 당사자에 따라서는 조정을 시도하는 판사가 편파적이라며 진정서를 내기도 하니까 아예 말썽을 피하려는 심리도 있다.

"재판 날짜 잡히면 일주일 동안 식사도 못하시죠?"

"일주일이 뭡니까. 2주일 동안 밥도 못 먹어요!"

판사 시절, 소송 당사자에게 물어보면 보통 이렇게 답을 했다. 소송은 밥도 못 먹을 만큼 사람을 괴롭게 한다. 주먹다짐을 하던 두 사람이 갑자기 싸움을 멈추고 화해할 수 없듯이, 감정이 격해져 있는 소송 당사자들이 화해하는 쪽으로 마음을 돌리기는 어렵다. 세금을 받고 일하는 판사가 그 일을 하려고 노력해야 하는데 분쟁 해결에 대한 개념이 부족한 경우가 많다. 판사 자신을 정의의 심판자라고 생각하는데 그건 착각이다. 있지도 않은 정의를 찾는 동안 분쟁에 휘말린 국민이 죽든 말든 상관하지 않는다. 판결이 중요한 게 아니라 분쟁 해결이 중요하다는 걸 모르기 때문이다.

그리고 의뢰인을 위해 일해야 할 변호사도 조정을 좋아하지 않는다. 변호사가 조정에 협조를 해줘야 하는데 오히려 '쓸데없는 거 하지 마세요'라는 식이다. 극단적으로 말하면, 의뢰인은 피가 마르든 돈이 마르든 관계없이 재판을 길게 끌고 가서 돈만 벌면 그만이라는 인식도 없지 않다. 그러다가 지면 판사를 욕하고 이기면 다 자기 덕분이다. 이기더라도 의뢰인으로서는 상처뿐인 승리다.

2000년부터 약 3년 동안 조정위원으로 활동했었다. 당시 한국전력이 피고가 된 사건이 있었다. 원고의 땅에 변전소를 건립했는데 수용 절차에 하자가 있어 수용이 무효가 되었고 원고는 변전소의 철거를 요구했다. 변전소를 이전하면 천문학적인 비용이 들고 2~3일 동안 단전을 해야 했다. 한전은 당시 가격의 서너 배를 제시하면서 원고의 땅을 매입하겠다고 했지만 원고는 철거만을 고집했다. 진짜 철거를 원했다기보다는 한전의 곤란한 상황을 이용해 더 높은 금액을 받아내려고 했던 것 같다. 그리고 그의 변호사도 이길 수 있다며 부추겼을 가능성이 높다. 소訴 제기 5년 후 권리남용이라는 이유로 패소했고, 그의 땅은 시가보다 저렴한 가격으로 한전에 수용되었다. 원고로서는 화병이 났을 법도 하다. 변호사가 분쟁 해결의 관점에서 소송을 보았더라면 어땠을까 하는 아쉬움이 있다.

조정위원으로 활동하던 당시 내가 직접 조정에 관여해서 당사자들의 합의로 소송이 종료된 사례 3건이 방송에 나갔다. 나는 취재팀에게 조정 이후 당사자의 솔직한 감정을 취재해보라고 제안했다. 그 결과가 재미있다. 당사자 전부가 조정 내용에 만족하지 못한다고 했다. 그러면서도 분쟁이 종료되니 가슴이 후련하고 큰 짐을 벗은 것 같다고 했다.

소송은 자신의 이해관계를 법을 통해 관철시키려고 하는 것이다. 그런데 감정이 격해지고 상대방에 대한 증오가 극에 달하면 자신이 무엇 때문에 소송을 시작했는지 잊어버린다. 놀랍게도 많은 소송 당사자들이 자신이 원하는 것이 무엇인지 알지 못하는 것이다.

조정자에게는 경청, 의사전달, 균형감각 등의 자질과 함께 강한 지구력이 요구된다. 윽박지르고 않고 소송에서 오는 아픔을 공감해주면서 진짜 원하는 것을 찾게 해줘야 한다. 인간관계의 문제로 비화하지 못하게 너의 이해利害와 나의 이해로 접근하도록 도와야 한다.

이런 게 우리 법조계 전체가 해야 하는 일이다. 갈등을 조정하는 중간자 역할에 눈을 떠야 한다. 애가 타고 밥도 못 먹는 사람들이 하루빨리 일상을 되찾도록 도와주어야 한다. 그들의 갈등을 재판으로만 보지 말고, 원고와 피고로만 보지 말고, 돈을 주는 의뢰인으로만 보지 말고 갈등 해결을 원하는 '사람'으로 보라는 것이다.

전관예우라는 보이지 않는 비리

전관과 현관의 비리라고 불러야 마땅할 전관예우는 있는 것일까, 없는 것일까.

개인적인 경험에 비추어보면 법원의 폐쇄적이고 권위적인 행태가 전관예우를 만든 것으로 생각된다. 1970년대, 판사 한 사람이 하루에 형사사건은 60건, 민사사건은 40건을 다뤘다. 판사는 일주일에 하루만 재판을 하고 나머지는 사건 자료를 검토한다. 당시 법정에서는 피고인이나 변호사가 재판과 관련된 사항을 상세히 설명하는 것이 허용되지 않았다. 또 피고인들도 쓸데없는 얘기(판사 입장에서)를 하면 판사에게 밉보인다고 생각해서 스스로 많은 말을 하지 않는 현상이 있었다.

그렇다보니 변호사가 판사실에 들어가서 법정에서 하지

못한 이런저런 사정을 설명하는 기회를 가지게 되었다. 물론 전직 판사였던 전관들이 판사실에 쉽게 출입할 수 있었다. 그래서인지 금방 퇴직해 개업한 판사 출신 변호사가 어려운 형사사건에 수임되는 사례가 많았다. 실제로도 전관이 피고인이 억울하다거나 사건의 내용을 알아듣게 설명하는 경우, 가벼운 형이나 보석으로 석방해주는 사례가 많았다. 전관의 사정 설명이 판결에 영향을 미쳤는지 불확실하더라도 그렇게 비치는 것은 어쩔 수 없다.

2013년 서울지방변호사회에서 설문조사를 했다. 개업회원 9,680명 중 761명이 설문에 참여했다. 이들 중 90.7퍼센트가 전관예우가 존재한다고 생각하느냐는 질문에 존재한다고 답했고, 8.5퍼센트만이 존재하지 않는다고 답했다. 재판절차 혹은 수사절차에서 전관 변호사들의 영향이 어떠한가에 대해서는 민사 및 형사 재판 모두에서 결론에 영향이 있다는 응답이 40.7퍼센트, 민사재판에서는 영향이 없지만 형사재판에서는 결론에 영향이 있다는 응답이 20.5퍼센트로 나타났다.

2014년 대한변호사협회가 변호사 1,100명을 대상으로 실시한 설문에서도 응답자 중 89.5퍼센트가 전관예우가 있다고 답했고 판사와 검찰 출신 176명 중 64.7퍼센트도 전관예우가 존재한다고 답했다.

2011년 법무부가 정책 고객 2,640명을 대상으로 실시한 어떤 변호사를 선택했는지에 대한 설문을 보면 응답자의 53퍼센트가 '수임료가 비싸도 전관 변호사'를 선택했다고 답했고 '전문성 있는 변호사(40퍼센트)', '수임료가 저렴한 비전관 변호사(7퍼센트)' 순으로 나타났다. 전관을 선호하는 이유로는 '사건에 승소할 확률이 높아서(47퍼센트)', '전관이 담당 판검사에게 사건을 유리하게 해달라고 부탁할 수 있을 것 같아서(31퍼센트)', '최소한 불리한 판결을 받을 것 같지 않아서(20퍼센트)', '전관 변호사가 전문성이 높을 것 같아서(5퍼센트)' 순이었다.

내 개인적인 생각은, 전관예우가 일부 있으나 사람들이 생각하는 것만큼 효과가 있지는 않다는 쪽이다. 형사사건의 경우 판사의 재량 범위가 넓다. 그렇다고 유죄를 무죄로 바꾸는 건 힘들다. 다만 전과가 없을 경우 집행유예로 내보낼 수는 있다. 이게 전관예우인지 아닌지는 판사 자신도 모를 수 있다. '실형을 살려야 하는 죄이지만 선배를 봐서 내보낸다'고 생각하지는 않을 테니까 말이다.

전관예우가 있는지 없는지 확실한 증거는 없다. 다만 변호사의 대부분이, 그리고 국민의 상당수가 전관의 부당한 영향력을 믿고 있다. 많은 사람들이 전관을 찾고 있고 전관 변호인들은 해당 사건 담당 판검사와의 친분을 팔고 있다. 이 점에 주목해야 한다. 제3자 입장에서 뉴스로 재판 결과를 알게 되든, 재판 당사자든 판결이 마음에 들지 않을 수 있다. 그러나 마음에 들지 않는 판결의 원인이 법률에 근거한 판사의 독립적인 판단이 아니라 다른 무엇에 있다고 생각한다면 심각한 문제다. 사법부를 불신하고 있는 것이다. 외국 기업도 우리에게 일을 맡길 때 친한 판사가 있느냐고 묻는 지경이다. 심히 부끄러워하고 크게 각성해야 할 일인데 현직에 있는 판사와 검사의 절대다수가 전관예우는 없다는 말만 한다.

판사 사회의 현주소를 은유적으로 보여주는 풍경이 있다. 정오 무렵, 법원 근처에 가면 한 사람이 뒷짐을 지고 가고 좌우 한두 발짝쯤 뒤로 두 명이 손을 모으고 따라가는 희한한 광경을 볼 수 있다. 분명 같이 점심을 먹으러 가는 일행인데 꼭 삼각편대를 이룬다. 편대의 꼭짓점은 부장판사고 나머지는 우배석, 좌배석 판사다. 밖에서 보면 참 웃기는 모양새인데 자기들은 모른다. 지금도 그렇다고 하는데 부장을 잘못 만나면 식성도 바뀐다는 말이 있었다. 부장이 메뉴를 정하면 나머지는 군말 없이 맛있게 먹는다. 1년 365일 곰탕만 먹을 수도 있다. 나처럼 '부장님, 저는 개 안 먹어요. 싫어요' 하면 싫어한다.

현직 판사일 때 나는 부장판사제도를 폐지하자고 했었다. 고등법원 부장판사가 되면 차관급 대우를 받고 기사가 딸린 차가 나온다. 대법관은 장관급이다. 평판사는 부장판사에게 굽실대고 대법관이 되면 모든 판사가 굽실거린다. 입맛까지 바꿔준 상사가 변호사로 찾아왔을 때, 그 판결에 사적인 관계가 들어오지 않는다고 자신할 수 있는가.

왜 서열화, 관료화되어야 하는지 모르겠다. 미국의 경우, 부장제가 없으니까 고등법원 판사만 하는 사람들이 있다. 꼭 시간이 갈수록 계급이 높아져야 하는가. 승진에서 탈락하면 옷을 벗는 관행은 언제쯤 없어질 것인가.

옛말에 판사는 사과 궤짝 위에서 달빛 아래 판결문을 써야 한다고 했다. 그만큼 청렴해야 한다는 이야기다. 그리고 외롭고 고독한 직업이기도 하다. 판사쯤 되면 주변에 친하게 지내고 싶은 사람들이 끊이지 않는다. 같이 골프도 치고 술도 마시는 것 그 자체는 문제가 안 된다. 그런데 친분을 쌓으려는 사람들은 언젠가 요긴하게 써먹기 위한 경우가 많다. 그런 의도가 없다 하더라도 친분이 두터운 사람이 재판에 왔을 때 무지의 장막 뒤에 세워두기는 힘들다. 동창회, 향우회 등도 다르지 않다. 외로움과 고독을 감수할 각오가 있어야 하는데, 그러기는커녕 많은 판사들이 판사를 벼슬로 생각한다. 판결은 물론이고 생활에서도 타협이 없어야 한다. 옳은 것과 그른 것은 화해가 되지 않는다. 두루뭉술하게 타협해서는 안 된다.

판사 시절, 내가 미제사건이 제일 많았다. 8할의 간단한 사건은 빨리 처리하고 이야기를 많이 들어야 할 2할에 많은 시간을 할애했다. 뭔가 앞뒤가 맞지 않는 미심쩍은 사건의 당사자, 다 인정했는데 뭔가 할 말이 있을 것 같은 사람, 그러면서 물어봐도 대답을 안 하는 사람에게 묻고 또 물었다. 어떤 사람은 입을 다물고 있다가 '내가 보니까 이 부분이 이상하던데'라고 하면 그제야 억울함을 쏟아냈다.

"사실은 그게 아닙니다. 경찰, 검찰, 판사 이 나쁜 놈들, 이야기해봐야 소용없겠다 싶어서…."

그날 135번 버스를 타고 자하문 정류장에서 내렸다. 달빛 비치는 골목을 지나 집까지 15분을 걸었다. 달이 나에게 뭐라고 한 것도 아닌데 인생의 보람을 느꼈다. 판사의 프라이드와 희열을 느꼈다.

'내가 오늘 친절하게 재판 잘했고 선고도 잘했다. 나 때문에 산 사람도 있다. 열심히 했다.'

이 맛을 모르면 판사 하지 말아야 한다.

에필로그

그동안 우리 사회에 많은 일이 있었다. 대통령이 탄핵되었고 새로운 대통령이 선출되었다. 그러나 갈등은 여전하고 탄핵을 초래한 근본적인 문제는 해결되지 않았다. 사람을 사람으로 존중하지 않는 '관행과 문화'는 여전하다. 새로운 정부가 개혁을 한다는데 핵심을 놓치고 있는 듯도 하다. 어떻게 해야 할까? 내 경험과 식견이 해결책이 될 수 있을까?

그럴 리 없다. 뉘라고 짧게는 100년, 길게는 수천 년 쌓여온 문제들에 대한 해법을 내놓을 수 있을까. 하지만 벽돌 하나는 놓을 수 있겠다 싶었다. 법조인으로서, 기업 변호사로서 할 수 있는 말들을 했다. 이 책이 억울한 사람이 조금이라도 줄어들고, 사람을 사람으로 대접하는 훈훈한 사회가 되는 데 작은 보탬이 되기를 바란다. 작은 아이디어라도 되었으면 한다.

최근에 나는 죽은 것처럼 살아보자 다짐했다. 내가 이런 얘기를 하니 가족들은 무슨 소리냐고 한다. 시한부 선고를 받은 사람들은, 삶의 태도가 바뀐다. 그동안 살아오며 치열하게 추구하던 것들을 돌아보고 대부분 관대해진다. 그러면 대부분의 갈등은 해소되고 가족의 중요성에 집중하게 된다. 그런데, 꼭 죽음이 닥쳐와야 그렇게 변해야 할 필요가 뭐가 있는가. 내일이라도 죽을 수 있다는 기분으로 산다면, 제아무리 보수와 진보라 하더라도 무엇으로 다툴 수 있겠는가.

드러내지는 않았지만 이 책을 쓸 때만 해도 좋은 사람, 나쁜 사람을 구별하려고 했다. 그런데 요새는 '다 불쌍한 사람들이다', '인간이 그렇구나' 하는 생각이 든다. 사람은 어차피 언젠가는 죽는다. 그렇다면 죽음에 대해 준비를 하면 좋지 않겠는가. 미리 준비하는 죽음으로 남을 더 이해하게 되고 위할 수 있다면, 모두가 염려하는 사회 갈등들도 말랑말랑해질 수 있지 않을까. 이것이 다시 한번 세상사를 돌아보며 갖게 된 생각이다.

사람을 생각한다

법과 사람 사이에서의 50년

1판 1쇄 펴냄 | 2021년 3월 5일

지은이 | 황주명
발행인 | 김병준
편 집 | 김서영
디자인 | 김은영·이순연
마케팅 | 정현우
발행처 | 생각의힘

등록 | 2011. 10. 27. 제406-2011-000127호
주소 | 서울시 마포구 양화로7안길 10, 2층
전화 | 02-6925-4185(편집), 02-6925-4188(영업)
팩스 | 02-6925-4182
전자우편 | tpbook1@tpbook.co.kr
홈페이지 | www.tpbook.co.kr

ISBN 979-11-90955-10-2 03800